La Valse des lucioles

ISTYA / SLATKINE & CIE,
19, RUE SAINT-SÉVERIN
75005 PARIS
CONTACT@ISTYA-SCIE.FR

ISBN 978-2-88944-282-9

H.F. Diané

La Valse des lucioles

Istya & Cie

Quand les éléphants se battent,
c'est l'herbe qui souffre.

Proverbe africain

I

1

J'avais dix ans lorsque la guerre a éclaté. Il s'agissait déjà de la troisième à laquelle j'étais confronté. Quelques heures auparavant, nous jouions dans une maison abandonnée avec Kimunu et Marc, mes camarades d'école. Nous nous sommes séparés peu après midi, presque sans nous dire au revoir. Nous étions censés nous retrouver quelques heures plus tard.

Je ne les ai jamais revus.

Je m'appelle Hassan, j'ai dix ans et je vis au Congo.

Il y a quelques mois, nous avons emménagé dans une ravissante maison du quartier de Bacongo avec mes parents, Maty et Patrice, et mes deux frères cadets, Omar et Samir. Une nouvelle maison pour une nouvelle vie, après notre départ précipité de la précédente à cause du conflit de 1997 qui nous avait arraché quelques proches dont nous taisions les noms.

J'ai mis du temps à m'attacher à cette maison, censée incarner pour nous un nouveau départ. L'ironie de la vie a voulu que je finisse par me prendre d'affection pour elle la veille de cette troisième guerre. Celle de 1998.

Notre nouvelle maison était volumineuse, elle possédait un grand séjour qui communiquait avec la terrasse, trois chambres à coucher et une cuisine séparée qui donnait sur l'arrière-cour. Il y avait aussi deux dépendances et un jardin, le seul lieu auquel je m'étais tout de suite attaché.

Notre jardin, comme beaucoup de pavillons de Brazzaville, la capitale, abritait plusieurs arbres fruitiers : un papayer, un manguier, un safoutier et un jeune avocatier qui n'avait pas encore donné de fruits. Y proliféraient aussi diverses plantes exotiques, des acubas, des amarantes queue-de-renard, des papyrus, des fuchsias, des hibiscus, des oiseaux du paradis... La pièce maîtresse de ce jardin était sans aucun doute le bougainvillier massif qui s'épanouissait le long du mur et débordait côté rue. Nos invités, ou les passants curieux, s'émerveillaient de cet arbuste majestueux, constellé de bractées violettes qui dévoilaient de délicates fleurs blanches.

Nous avions à notre service une petite équipe de personnel de maison. Elle était constituée de Kalenga, le gardien, qui prenait ses quartiers à la nuit tombée. Il était noir comme l'ébène, grave, avec des yeux rougis. Kalenga imposait naturellement le respect. Les enfants de la maison étaient les seules personnes avec qui il s'autorisait à plaisanter. À sa ceinture, pendait toujours un étui en cuir sombre qui abritait un couteau imposant à dos dentelé.

Notre chauffeur s'appelait Katoto, c'était un jeune homme facétieux, qui ne manquait jamais de nous taquiner, mon frère et moi. Quant à Raymond, il était le dernier à avoir rejoint notre maison, quelques jours seulement après notre emménagement. Paisible et travailleur, il était aussi mon souffre-douleur. Le seul chez qui j'avais décelé une faille et à qui je prenais un malin plaisir à faire toutes sortes de sales coups. Il encaissait toujours sans broncher et passait son temps à me répéter en pointant l'index vers le ciel :

— Le ciel est haut. Là-haut.

Enfin, il y avait Gloria. La plus ancienne, celle qui, au fil des ans, était presque devenue un membre à part entière de notre famille, au point que nous l'appelions *Tantine*. Elle avait une trentaine d'années, le teint clair et les traits fins. Elle était entrée à notre service quelque temps après la naissance de mon frère cadet, Omar, qui n'avait que quinze petits mois d'écart avec moi. Une connaissance de Maman lui avait recommandé cette jeune femme intègre et sérieuse, qui aurait pu la soulager d'avoir à s'occuper de deux enfants en bas âge. Quelques jours plus tard, elle s'était présentée au portail. Depuis, elle ne nous avait jamais quittés. Gloria m'a toujours aimé comme son propre fils. Je l'affectionnais secrètement comme une seconde mère. Secrètement car, en apparence, j'étais pour elle et pour tout le personnel de maison, un vrai petit diable.

D'aussi loin que je me souvienne, j'ai toujours été un enfant très turbulent. Tout était pour moi prétexte à bêtises ou à bagarres : briser un vase en chahutant avec Omar dans le salon, martyriser mes camarades d'école ou les enfants du voisinage. J'avais célébré mon emménagement dans ce nouveau quartier en me battant le jour même de notre arrivée avec un enfant du coin. C'est pourquoi les parents avaient décrété que j'intègrerais un collège militaire, l'école des cadets, dès l'année suivante.

Mon passe-temps favori dans cette nouvelle maison consistait à me frayer un passage entre les branches du bougainvillier, dont les épines me lacéraient furieusement la peau, pour tirer sur les passants de petits projectiles en papier à l'aide d'un élastique. Dissimulé dans le feuillage épais, je gloussais en les voyant sursauter lorsque le projectile les frappait.

Quand ils me surprenaient, ils venaient cogner contre le portail. Ma nourrice se confondait en excuses et promettait de tout rapporter à mes parents.

*

Je fréquente une école privée, La Martelle. Elle est située à cinq minutes à pied de la maison. Les élèves sont les enfants de bonne famille du quartier. Je suis en CM2.

Comme dans toutes les écoles du Congo, l'uniforme est obligatoire. Il est le même pour tous les enfants du pays : une chemise à manches courtes beige et un short bleu marine pour les garçons, une jupe de même couleur pour les filles.

Notre journée commence toujours avec le lever des couleurs et l'hymne national, *La Congolaise*. Nous nous réunissons dans la cour en terre battue, en rang, les mains le long du corps, face aux enseignants et à M. Elanga, le directeur. Avant d'entonner l'hymne national, il répète toujours le même discours où il est question de patriotisme et de valeurs comme le respect, la solidarité et le travail. M. Elanga insiste sur le fait que ce moment est *solennel*, qu'il ne faut pas *rire* ni *grimacer*. Il nous invite à chanter à pleins poumons pour que le président de la République nous entende tous les matins depuis le palais présidentiel et finisse un jour par se déplacer jusqu'à nous pour nous féliciter d'être de jeunes patriotes exemplaires.

Avant de hisser le drapeau, M. Elanga nous passe en revue, comme un chef des armées. Vêtu d'une chemise et d'un pantalon impeccablement repassés, il nous inspecte méthodiquement, acquiesce parfois d'un air approbateur, reprend souvent un élève qui porte un uniforme taché ou froissé. Un pli se creuse sur son front lorsqu'il surprend un élève en train de bâiller ou de bavarder.

Une fois son inspection terminée, M. Elenga désigne un élève pour hisser le drapeau, pendant que nous entonnons *La Congolaise.*

En ce jour, le soleil se lève
Et notre Congo resplendit
Une longue nuit s'achève
Un grand bonheur a surgi
Chantons tous avec ivresse
Le chant de la liberté.

La cérémonie achevée, nous nous regroupons pour regagner nos classes respectives, bien en rang, deux par deux, en silence. Et gare à celui qui oserait chahuter ! Le chef de rang surveille et n'hésitera pas à transmettre les noms des éléments perturbateurs à la maîtresse. Mon nom fait partie de ceux qui reviennent le plus souvent.

Lorsque Mme Ngoma franchit le seuil de la porte, nous nous levons d'un seul mouvement et la saluons. Elle traverse la salle d'un pas lent, en appliquant délicatement son mouchoir sur son front où naissent de minuscules perles de sueur, puis elle nous autorise à nous asseoir.

Je partage ma table avec Ketia, la première de la classe, elle me ravit souvent les meilleures notes. Je l'admire et je crois que je suis secrètement amoureux d'elle. Mais comme je suis plutôt gauche, j'ai tendance à la taquiner afin d'attirer son attention. Je crois qu'elle me prend plutôt pour une grosse brute.

Je fais partie des élèves les plus agités de l'école. Il ne se passe pas une semaine sans que je ne me batte avec un camarade. Pour chaque bêtise, les têtes brûlées comme moi récoltent dix coups de *chicote*. La plupart des instituteurs utilisent une brindille qu'ils rapportent de chez eux ou qu'ils ont repérée sur le chemin de l'école. Ma maîtresse, Mme Ngoma, utilise un morceau de courroie de voiture.

Elle nous fait venir au tableau, devant toute la classe, et nous ordonne de tendre les mains bien à plat. Celui qui est fouetté doit faire le décompte des coups à haute voix. Parfois, à cause de la douleur atroce qui irradie dans ses mains, il se trompe. Alors, Mme Ngoma incline la tête, hausse les deux traits fins qui remplacent ses sourcils rasés, et repart de zéro. Lorsque la punition est terminée, l'élève regagne sa place en serrant les dents. Pendant les dix minutes qui suivent, il est un peu sonné ; il sent le sang affluer dans ses paumes, au rythme des battements de son cœur. Il est alors incapable de recopier ce qui est écrit au tableau.

Comme tous les élèves turbulents, je suis régulièrement convoqué dans le bureau du directeur. Il me regarde sans dire un mot, d'un air sévère et finit par me demander :

— On ne vous a pas appris à vous asseoir quand vous entrez dans un bureau, jeune homme ?

Alors je m'assieds précipitamment. Le problème c'est que la fois suivante, quand j'ai le malheur de m'asseoir spontanément, il écarquille ses yeux, outré, et s'écrie :

— Qui vous a autorisé à vous asseoir, jeune homme ? En voilà des manières !

Parfois, la maîtresse m'accompagne chez le directeur. Ils me font attendre dans le couloir et s'enferment pour discuter. J'épie leur conversation et je les entends peser le pour et le contre pour savoir si on doit me renvoyer. Mais ils finissent toujours par renoncer pour une simple raison : je fais partie des meilleurs élèves de l'école.

— Vous vous rendez compte s'il se retrouve dans une école concurrente et qu'il y excelle ? Vous savez bien, madame Ngoma, que le président de la République reçoit quelques fois les élèves les plus brillants des écoles. Ce serait un camouflet pour La Martelle !

— Mais que devons-nous faire, monsieur le directeur ?

— On n'a pas le choix, madame Ngoma : il faut continuer à le fouetter. Avec un peu de chances, il finira par se calmer.

2

Aujourd'hui Raymond, le domestique, a présenté sa démission. Par ma faute.

Tout a commencé hier, en milieu d'après-midi, lorsqu'il m'a surpris en train de maltraiter les poules de la maison. Je les guettais depuis le seuil de la cuisine, armé de mon lance-pierre. Je faisais rouler la pierre entre mes doigts en choisissant ma cible. Il y avait cette poule toute blanche, au cou dénué de plumes, une *kingo zéro* comme nous les appelions en lingala. Insouciante, elle déambulait autour du grillage du potager. De temps en temps, elle grattait la terre de ses griffes acérées, et s'interrompait pour l'inspecter, à l'affût d'une graine ou d'un insecte.

J'ai placé la pierre sur la bande en cuir, je l'ai ciblée et j'ai lentement étiré l'élastique. La pierre a produit un petit son sourd en s'enfonçant dans son plumage épais. Elle a sursauté et s'est mise à se rouler furieusement au sol, avant de se figer. Les autres ont détalé en caquetant, paniquées, soulevant derrière elles une nuée de poussière. Je me dirigeais lentement vers la poule inanimée quand j'ai aperçu Raymond. Il se tenait sur le pas de la porte de la cuisine et me regardait, les lèvres pincées, comme s'il luttait pour réprimer ses mots.

— Qu'est-ce que tu regardes? Tu n'es pas censé travailler? lui ai-je sèchement lancé.

Son visage s'est brièvement renfrogné et il a osé me répondre, avec un sourire formel:

— Il ne faut pas maltraiter les poules, Monsieur Hassan. Elles ne vous ont rien fait.

Je l'ai foudroyé des yeux et j'ai rétorqué que je n'avais pas d'ordre à recevoir d'un domestique.

— Excusez-moi Monsieur Hassan, il ne me viendrait jamais à l'esprit de vous donner un ordre. Je vous faisais simplement remarquer que vous aviez mal agi en attaquant cette poule. Ce n'est pas la première fois, il me semble.

Raymond disait vrai. Depuis notre emménagement, je menais la vie dure aux poules de la maison. À ma simple vue, elles détalaient. Je pensais agir en cachette mais Raymond venait de me révéler qu'il me surveillait discrètement.

L'index du domestique s'est tendu en direction de la poule inanimée.

— Monsieur Hassan, les poules que vous tourmentez vous donnent les bons œufs et la viande que vous consommez en famille le dimanche. Il ne faut pas les maltraiter. C'est mal.

Mon sang n'a fait qu'un tour. Je lui ai ordonné de retourner au travail. J'ai menacé de rapporter à mes parents qu'il m'avait manqué de respect. Raymond a acquiescé sans continuer de sourire. Il s'est avancé, les yeux rivés sur la poule étendue et l'a délicatement ramassée. Sa tête dépourvue de plumes se balançait doucement pendant que Raymond s'éloignait en la caressant. Sa minuscule langue rose émergeait de son bec. Il s'est accroupi devant le petit robinet d'appoint du jardin et a mouillé la tête de l'animal. La poule a poussé un petit cri aigu en revenant à elle, pendant que le boy passait sa main sur son plumage en la rassurant à voix basse. Il a fini par la relâcher, elle s'est dirigée vers le poulailler en titubant comme si elle était ivre.

J'ai passé la fin d'après-midi à ruminer ma colère contre Raymond. Je le mitraillais des yeux pendant qu'il travaillait en prenant un soin particulier à ne pas me regarder. Je jouais dehors en élaborant ma vengeance.

À dix-huit heures, une fois son service terminé, il est allé attendre à l'extérieur. Il avait pris place sur un *zebi lamba*, ce petit tabouret traditionnel doté de quatre pieds croisés et d'un siège creux en liane. C'était la place habituelle de Gloria quand elle cuisinait avec le *makala*, le charbon de bois. Raymond attendait que ma mère lui verse son salaire du jour, qui comprenait son trajet en bus jusque chez lui. Voûté, les bras croisés sur les genoux, son regard était échoué sur le foyer de braises. Léchés par la petite brise du soir, les tisons s'illuminaient.

Je me suis approché du foyer et j'en ai extirpé un morceau de bois à la tête incandescente. Je l'ai secoué devant le visage de Raymond. À ma très grande surprise, il n'a pas remué d'un pouce. Son regard était toujours braqué sur le foyer. Je me suis alors mis à le sermonner, à lui rappeler qu'il me devait respect et obéissance, que lorsque les parents n'étaient pas là, j'étais le maître des lieux.

— Je peux te faire jeter dehors à tout moment, n'oublie jamais que tu n'es rien dans cette maison. Tu n'es rien d'autre qu'un boy. Encore un écart et je te fais renvoyer dans ton village !

C'est alors qu'un sourire s'est étiré sur ses lèvres.

— Vous connaissez très mal les villageois Monsieur Hassan. Ce sont de bonnes personnes, bien plus altruistes que les citadins.

— Silence ! Ce sont des sauvages. C'est pour cette raison qu'ils ne sortent jamais de leur brousse.

Il n'a plus rien dit. L'éclat des tisons se reflétait dans ses yeux. Son sourire s'était évanoui, il avait retrouvé son air lugubre. J'allais reprendre mon sermon quand un cri strident a retenti. J'ai sursauté en me tournant vers la fenêtre la cuisine et à ce moment-là j'ai aperçu Maman.

Elle est sortie précipitamment. J'ai laissé tomber le bâton à mes pieds et je me suis enfui dans la petite réserve à outils. De mes mains tremblantes, j'ai refermé la porte métallique, contre laquelle j'ai plaqué mon oreille. Je n'entendais rien, hormis les battements sourds de mon cœur. Peu à peu, la voix de Maman m'est parvenue. Je l'ai entendue avoir une discussion animée avec Raymond, lui demandant ce que je lui avais fait, se confondant en excuses. À ma très grande surprise, Raymond ne m'accablait pas. Il se contentait de dire que je plaisantais, et qu'il était inutile de me punir. Bien évidemment, Maman a compris que Raymond ne voulait pas me créer d'ennuis. Dès qu'il a pris congé, j'ai été puni.

Lorsque Raymond est arrivé ce matin, j'ai voulu m'excuser spontanément. Mais avant d'avoir eu le temps de lui glisser un mot, je l'ai entendu annoncer à Maman qu'il démissionnait. Il en était désolé. Maman était dépitée, elle lui a demandé si c'était à cause de moi, il a assuré que non. Elle a demandé ce qui n'allait pas hormis mon comportement. Ses horaires ? Ses longs trajets en bus ? Son salaire ? Il n'a rien voulu lui dire. Avant de franchir le portail il m'a adressé un léger signe de la tête.

Maman m'a passé un sacré savon après son départ, j'étais *impoli*, *méchant* et *indiscipliné*. Je l'ai entendue se plaindre auprès de ma nourrice pendant que je retournais à table pour terminer mon petit-déjeuner et filer à l'école. J'avais honte de moi. C'était la première fois qu'un adulte ployait sous le poids de mon arrogance. À peine Raymond était-il parti que je le regrettais déjà. Maman a fait claquer sa langue en passant devant moi. Elle était habillée pour aller au travail, un tailleur noir et une veste à épaulettes. Son parfum flottait dans le salon.

— Où allons-nous trouver un domestique aussi fiable maintenant ? se plaignait-elle.

— Les domestiques loyaux ne courent pas les rues, grande sœur, a répondu Tantine Gloria depuis la cuisine. Ils travaillent dans des familles qui font tout pour les garder !

Maman et ma nourrice disaient vrai. Ici au Congo, bien des domestiques sont malhonnêtes. Ils dérobent vos affaires, et quand ils ne le font pas, ils donnent un certain nombre d'informations à leurs complices en vue d'un cambriolage : les horaires du gardien, ses habitudes, si c'est un grand soûlard, s'il dort au lieu de travailler... C'est pourquoi on a tendance à se méfier de ces domestiques qui viennent proposer spontanément leurs services. On préfère en embaucher un sur recommandation. De préférence des Congolais de Brazza et non des Zaïrois, qui ont la réputation d'être fourbes et voleurs.

*

Les écoles du Congo, pays jeune et fécond, sont souvent surchargées, c'est pourquoi elles fonctionnent par roulement. Chaque élève appartient à une vague. Ceux de la vague A ont cours le matin et ceux de la vague B l'après-midi, puis on alterne la semaine suivante. J'ai une préférence pour les semaines où j'ai cours le matin, ce qui me permet après d'avoir quartier libre l'après-midi. Le seul inconvénient c'est qu'il faut se lever tôt.

Sur le chemin de l'école, dans mon uniforme bien repassé, je croise parfois des enfants de mon âge en haillons, leurs pieds poussiéreux glissés dans des sandales rafistolées. Ils me suivent silencieusement des yeux. Leur regard trahit un mélange d'admiration et d'envie. Dans mon quartier de Bacongo, pauvres et riches se côtoient quotidiennement. Les uns partent travailler dans les *bilanga*, les champs, tandis que les autres vont s'instruire. Les uns débutent leur journée de travail le ventre vide, l'estomac noué par la faim, les autres ont déjà le ventre plein, l'arrière-goût du lait en poudre *Nido* sur la langue, quelques miettes de pain aux lèvres. Nous avons le même âge, vivons dans le même quartier, mais nous n'appartenons déjà plus au même monde.

Ici, certaines familles sont si pauvres qu'elles n'ont pas les moyens de procurer un petit-déjeuner à leurs enfants le matin. Certains doivent se contenter d'un seul repas par jour. C'est pourquoi dans beaucoup d'écoles, la journée commence avec un bol de lait en poudre dilué dans l'eau chaude accompagné d'un demi-pain beurré. À La Martelle, le petit-déjeuner a lieu avant le lever des couleurs. Le directeur, M. Elanga, a expliqué que tous les enfants qui fréquentent l'établissement ne sont pas forcément riches, que certains viennent de familles *modestes*, parfois obligées de s'endetter auprès de proches pour régler les frais de scolarité ou l'uniforme chez le tailleur sénégalais. Ces enfants, qui *préfèrent garder l'anonymat*, n'ont pas le *privilège de se remplir l'estomac tous les matins* a dit M. Elanga. Voilà pourquoi il faut les nourrir parce qu'on *réfléchit mieux avec un estomac plein*.

J'ai deux bons camarades : Marc et Safi. Marc a dix ans comme moi mais il en fait douze. Il a une voix nasillarde et le teint très clair. Marc est très fort à la bagarre, et certainement plus fort que moi, c'est pour cette raison qu'il fait partie de ma bande. Étant donné que j'aime chercher des problèmes, c'est toujours mieux de disposer de gros bras au cas où les choses tournent mal. Safi, quant à lui, a la curieuse manie de ne jamais se séparer de son uniforme d'écolier, y compris les week-ends. C'est un garçon à l'air endormi, aux yeux globuleux, plutôt trapu.

Les familles de Safi et de Marc sont beaucoup moins aisées que la mienne. Quand on traîne ensemble et qu'ils m'obéissent, je les récompense en les autorisant à venir jouer à la maison avec les derniers jouets à la mode qui viennent tout droit de France. Il faut dire qu'ici, les enfants les moins aisés transforment en jouets tout ce qui leur passe sous la main. Certains transpercent des boîtes de médicaments à l'aide de deux brindilles aux extrémités desquelles ils accrochent des capsules de bière percées pour en faire une voiture de fortune. D'autres jouent avec un pneu abandonné dont ils graissent l'intérieur, et qu'ils font rouler à l'aide d'un bâton.

Safi et Marc viennent régulièrement jouer à la maison mais sous ma stricte surveillance. Ils ont le droit de s'amuser avec tous mes jouets, sauf avec ma figurine de Modo des *Motards de l'espace*. Je veux encore un peu profiter d'elle avant de la prêter. J'ai toujours peur qu'ils me volent c'est pourquoi je les fouille avant qu'ils rentrent chez eux. L'autre jour, Maman m'a surpris et m'a réprimandé. Elle m'a dit que c'était une *expérience humiliante* et qu'on ne se *comporte pas comme ça* avec ses amis. Cette réflexion de Maman m'a fait réfléchir et m'a poussé à faire preuve d'un peu plus de bienveillance envers mes amis. Maintenant, je liste les jouets que je sors et je fais l'inventaire avec eux avant qu'ils partent. Ainsi, personne n'est humilié et tout le monde est content. À commencer par moi !

Après notre demi-journée d'école, Safi, Marc et moi partons souvent explorer les maisons inachevées qui pullulent dans Bacongo. Nous jouons dans les pièces colonisées par la végétation. Quand nous avons un peu d'argent, nous nous cotisons pour acheter un sachet de bonbons rouges ou de copeaux de coco caramélisés. Il nous arrive de nous éloigner du quartier, de nous aventurer dans les *bilangas*, ces champs de manioc qui s'étendent sur plusieurs hectares en contrebas du quartier, sur le versant d'une colline. Les parcelles sont délimitées par des bouts de rubans rouges. Certains disent qu'il s'agit de fétiches censés jeter un mauvais sort aux potentiels voleurs de récolte. Lorsque nous nous frayons parmi les champs de manioc, je suis toujours très anxieux à l'idée de toucher un de ces bouts de tissu et de me réveiller le lendemain transformé en margouillat ou en porc-épic.

Nous restons parfois sur la crête d'une colline, d'où nous contemplons les rapides du fleuve Congo, qui n'a de fleuve que le nom, car à nos yeux il s'agit d'un monstre bruyant, rampant, véloce, surpuissant, qui sans cesse nous rappelle notre insignifiance. Un monstre grisâtre qui poursuit depuis la nuit des temps une course effrénée, doté de plaques dorsales instables, qui se fracassent les unes contre les autres, pour se reconstituer quelques mètres plus loin, jaillissant des flots avec une insolente arrogance. Un monstre furieux, imprévisible, qui se saisit des pieds des imprudents, les entraîne dans ses entrailles, les digère durant quelques heures, parfois des jours, voire des semaines, pour les régurgiter ensuite affreusement mutilés sur ses rives. Un monstre qui ne tolère dans son repaire que la présence d'un seul être, une divinité mi-femme, mi-poisson : Mami Wata.

Il nous arrive de descendre jusqu'à la rive de sable blanc. Mon cœur bat à grands coups, redoutant que le fleuve déchaîné nous surprenne en sortant de son lit, pour nous offrir à Mami Wata. Les pieds dans le sable, mes chaussures en mains, je l'observe, avec ses tourbillons géants et ses vagues qui creusent sa surface. Le fleuve produit un grondement terrifiant, comme un orage sans fin.

Les habitants des alentours, qui cohabitent avec lui depuis toujours, semblent s'être faits au danger. Nous les apercevons parfois en train de faire leur toilette ou leur lessive dans de petits bassins des échancrures, préservés des flots turbulents. Les plus téméraires s'aventurent en pirogue. Ils nous mettent régulièrement en garde quand ils nous aperçoivent dans les parages.

— Qu'est-ce que vous faites là, petits imprudents ? Vous ne savez pas que le fleuve est dangereux ? Que vous risquez d'être emportés dans ses profondeurs ou pire, d'être dévorés par la redoutable Mami Wata ?

La simple évocation de ce nom suffit à me glacer le sang. L'esprit mystique hante le fleuve Congo et parfois s'aventure dans ses affluents. Mami Wata terrifie tout le monde ici. Chaque enfant connaît au moins un membre de sa famille – souvent un cousin lointain qu'il n'a jamais vu – qui a eu affaire à elle.

Lorsque le jour décline, quand la surface du fleuve se drape d'un linceul ocre, nous rentrons chez nous.

3

Les dimanches nous quittons notre quartier de Bacongo et nous prenons la direction de Poto-Poto, pour passer la journée chez grand-mère, que sa ribambelle de petits-enfants appelle affectueusement *Koko*. J'attends toujours ce jour avec beaucoup d'impatience.

Quand Katoto le chauffeur n'est pas disponible, nous prenons un taxi. Il existe deux sortes de taxis : les 100-100 et les taxis classiques. Les 100-100 sont des taxis collectifs abordables dans lesquels s'entassent plusieurs passagers qui ne se connaissent pas. Lorsque le véhicule est chargé à en rompre les roues, il démarre. Ce sont parfois de vieilles autos dont personne ne veut plus en Europe et qu'on refourgue aux Africains. La rumeur parle de véhicules accidentés et retapés. Il faut dire que certains ressemblent à des cimetières sur roues. L'autre jour j'ai entendu le chauffeur dire à un passager de ne surtout pas lâcher le fil de fer qui servait à maintenir la portière fermée tout le long du trajet.

— Si vous lâchez c'est entre vous et Dieu.

En général, le 100-100 est garé sur le bord de la route, et le chauffeur épie les potentiels passagers qu'il interpelle. On donne sa destination, puis on négocie le prix avec lui. Personnellement, j'ai toujours détesté les 100-100. Ils se révèlent être d'un confort sommaire et surtout on y est serrés comme des sardines ! Je me retrouve toujours coincé entre une femme forte et un monsieur au ventre bedonnant qui sent fort la bière. Pour rentabiliser encore plus le trajet, le chauffeur oblige quelques fois les enfants à s'asseoir sur les genoux d'inconnus ! J'ai le souvenir de ce jour où je me suis retrouvé assis sur une dame qui transpirait à grosses gouttes et qui me ceinturait le ventre de ses bras au prétexte qu'il n'y avait pas de ceinture pour moi. Je pouvais sentir les gouttes de sueur de son menton suinter dans mon dos. Je n'arrêtais pas de renifler et de la dévisager. Je devais faire une drôle de tête. Elle m'a surpris dans le rétroviseur et s'est excusée de m'indisposer. Maman m'a réprimandé une fois à destination.

Quand j'étais tout-petit, nous empruntions régulièrement des 100-100. À présent, nous prenons plutôt des taxis classiques, qui viennent nous récupérer devant la maison. Au bout d'une demi-heure de trajet, le taxi quitte la route asphaltée pour s'engager dans les ruelles boueuses et parsemées de nids-de-poule du quartier de Poto-Poto. Il nous dépose rue Mbaka. Nous descendons et Maman fourre quelques billets et pièces dans la main du chauffeur.

Tout autour de la grande propriété de Koko, des commerçantes vendent sur leurs petits étals de fortune des en-cas artisanaux. Des *mikatés*, beignets moelleux, des *gratanias*, biscuits croquants et frits en forme de haricot vert, et du *poto-poto ya ngayi*, bouillie de maïs bon marché prisée des locaux au petit-déjeuner. Quelques marchands ambulants proposent des sachets d'eau minérale fraîche ou des œufs durs pour couper une petite faim. Il y a aussi des vendeurs de carburant frelaté en bouteille. Le quartier, dont le maître-mot est la débrouillardise, fourmille de vie. L'atmosphère est sereine, bienveillante et les différentes vendeuses, bien que concurrentes, se serrent les coudes.

Koko est une notable dans le quartier, c'est un des visages de Poto-Poto depuis des décennies. Elle est altruiste, surtout avec les enfants de la rue. Lorsqu'elle prépare le repas, elle s'assure toujours de mettre une ou deux assiettes de côté. Il y a encore quelques mois, elle les confiait à Kobé, son fidèle domestique, un vieillard édenté et bossu à la voix très perçante.

Elle lui demandait de les distribuer au cas où des mendiants passeraient.

Koko nous répète à longueur de journée que nous devons être solidaires avec les plus pauvres, car ils n'ont pas choisi de l'être. Koko laisse souvent entendre qu'un jour, nous pourrions être à notre tour dans le besoin. Elle dit que dans un pays qui connaît autant de guerres rapprochées, rien n'est acquis. Je me demande parfois ce qui rend ma grand-mère aussi généreuse. Est-ce lié à ces nombreux malheurs qui ont jalonné son existence?

Son père était un homme aisé d'origine centrafricaine. Il s'appelait Kenga et il était très clair de peau. Si clair qu'on lui prêtait souvent de proches origines européennes. Les mauvaises langues prétendaient que sa mère ou sa grand-mère avaient été offertes à un Français lorsqu'il s'était établi dans la colonie en tant qu'orpailleur.

Kenga était adulé des femmes, jalousé des hommes. Il avait jeté son dévolu sur une certaine Asha Alinga, qui est mon arrière-grand-mère. Ensemble, ils ont eu une fille, ma grand-mère. Elle ne s'appelait pas encore Koko mais *Marie-Louise*, car Koko est un surnom affectueux qu'on n'attribue qu'aux grands-mères. Si ses parents avaient eu le malheur de la prénommer ainsi, on aurait crié partout à la sorcellerie: ils avaient mis au monde une vieillarde qui avait le don mystique de redevenir bébé aux premières lueurs de l'aube.

Lorsque ma grand-mère Marie-Louise n'était encore qu'une enfant, Kenga, son père, avait été assassiné dans d'obscures circonstances. Avec sa mère, elles avaient dû fuir précipitamment la Centrafrique, traversant le fleuve Ubangi qui la séparait du Congo voisin où elles s'étaient réfugiées. Koko nous racontait parfois cette évasion rocambolesque, la peur qui l'habitait, les assaillants déchaînés qui les maudissaient depuis la berge en leur jurant de leur réserver le même sort qu'au défunt Kenga. Sa mère, l'effrontée Asha Alinga, leur rendait la politesse, les qualifiant de bons à rien qui n'avaient même pas réussi à avoir sa peau.

Une fois établie au Congo, Marie-Louise n'avait plus jamais quitté ce pays, qui était devenu sa terre d'adoption. C'était une jeune femme d'une grande beauté, qui tourmentait bien des cœurs. Elle avait hérité de son défunt père un teint de caramel, de longs cheveux soyeux, noirs comme l'ébène. Pour protéger sa fille des potentielles rivales et de ses courtisans, Asha Alinga l'avait fait entrer chez les bonnes sœurs. À sa sortie, elle avait épousé un Congolais avec qui elle avait eu trois enfants. Tous les trois étaient morts jeunes. Et peu de temps après, elle avait perdu son mari. Marie-Louise s'était retrouvée veuve à gérer seule son petit commerce de tailleuse.

À cette époque-là, on trouvait au Congo une petite communauté ouest-africaine, surnommée *Waras*,

Ouest-Af' ou *N'dingaris* par les locaux, et constituée de Maliens, de Guinéens ou de Sénégalais. Ils étaient marchands de tissus, diamantaires, orpailleurs et tenaient de petites épiceries. Beaucoup avaient fait fortune. Ils avaient apporté leur religion, l'Islam, et certaines coutumes. Ils s'étaient principalement établis dans le quartier de Poto-Poto. Marie-Louise, ma grand-mère, avait alors fait la connaissance d'un Sénégalais, musulman, avec qui elle s'était mariée après s'être convertie à l'Islam. De cette union étaient nées ma mère et ses sœurs.

Ma famille maternelle était musulmane et mon père était chrétien évangéliste. Quant à nous, les enfants, nous n'étions ni l'un ni l'autre. Nous trouvions notre équilibre dans ce foyer atypique, qui ressemblait à tant d'autres dans le Congo des années 1990. Nous avions toujours grandi dans une famille ouverte et tolérante où deux religions cohabitaient pacifiquement.

Le vendredi nous allions à la mosquée, nous fêtions les fêtes musulmanes comme Tabaski (que j'aimais particulièrement car le festin durait plusieurs jours). Le dimanche, nous allions à l'église. Nous assistions à des messes évangéliques déchaînées, au cours desquelles des fidèles se jetaient et se roulaient au sol, pleuraient, hurlaient, entraient en transe en se prétendant habités par l'esprit du Christ. Après la messe, un petit panier d'osier circulait entre les fidèles, nous devions y déposer idéalement des billets.

Idéalement car les pièces étaient accueillies par le quêteur avec une drôle de moue, comme si notre salut dépendait du nombre de zéros inscrits sur le billet. Après la messe, nous jouions pendant que les adultes se confiaient au pasteur sur le parking ombragé.

Dans la vaste concession de ma grand-mère, les dépendances sont louées à plusieurs familles. Les plus pauvres, celles qui font parfois face à des coups durs de la vie, comme le décès d'un proche ou la perte d'un emploi, sont autorisées à avoir des arriérés de loyer, le temps de se refaire une santé financière. Souvent, Koko efface leurs dettes.

La concession de Koko est cosmopolite, c'est une réplique miniature du Congo, avec ses ethnies plurielles, ses religions, ses coutumes, ses interdits... Chacun est libre d'aller et venir dans les différentes dépendances, on veille sur les enfants d'autrui comme sur les siens, on partage le peu qu'on possède et tous peuvent compter sur Koko en cas de difficultés pour recevoir un bon plat de *fumbwa*, de *thiéboudienne* ou de *saka-saka*. Mes frères cadets et moi portons une réelle affection aux autres enfants de la concession – d'ailleurs certains adultes aiment plaisanter en affirmant que deux de nos voisines sont nos promises.

Les journées chez Koko sont synonymes de détente, de plaisirs simples, et bien évidemment de repas copieux et de friandises à volonté. Elle me donne souvent 100 ou 200 francs pour m'acheter une portion de *mikatés* ou de *gratanias*. Autrefois, Kobé, son domestique, m'accompagnait au prétexte que le soir il y avait des enlèvements d'enfants, qui étaient ensuite revendus comme boys au Zaïre voisin. Kobé était indissociable de Koko. Il était à son service depuis ma naissance. Nous l'aimions tous comme un membre de la famille. Il a été tué l'année dernière, pendant la guerre de 1997.

Vers dix-huit heures, l'obscurité s'empare de Poto-Poto durant une petite demi-heure, le temps que les lampadaires paresseux se mettent en marche et déversent leur lueur jaune pâle dans le quartier. L'air se charge alors des saveurs des *kamundeles*, des brochettes de bœuf épicées, qui crépitent sur des grilles posées à même un baril de pétrole recyclé. Par gourmandise, je ne manque jamais d'aller quémander 200 autres francs à Koko sous les yeux réprobateurs de Maman. Ma grand-mère cède toujours à mes demandes. Je crois qu'elle culpabilise à l'idée que j'intègre prochainement l'école des cadets, projet qu'elle a toujours soutenu au prétexte que toute famille doit compter dans ses rangs au moins un militaire. Mais je me doute aussi que les événements de l'an passé et les proches que nous avons perdus la poussent à regretter intérieurement cette décision.

Lorsque vient l'heure de partir, le visage si paisible de Koko se voile de tristesse. Avant, ma cousine vivait avec elle et lui tenait compagnie. Mais depuis la guerre de l'année dernière qui nous l'a arrachée, tout est différent. Elle semble avoir perdu la sérénité qui l'habitait.

L'arthrose qui ronge ses genoux fait gémir Koko au moment où elle se lève et chemine péniblement en traînant ses sandales pour venir nous embrasser. Elle insiste pour nous accompagner jusqu'au portail et nous regarder monter dans le taxi. Elle nous recommande à Omar et moi de tenir convenablement sur nos genoux les plats de nourriture qu'elle nous a remis en partant. Elle nous dit au revoir de sa voix chevrotante et nous accompagne de son regard prude et triste.

Koko doit s'envoler prochainement pour Dakar afin de passer ses vieux jours auprès de mes tantes maternelles. C'est mieux pour elle. Les tragédies successives qui ont frappé notre famille lui ont causé beaucoup de souffrances. Énièmes souffrances dans une vie qui n'aura jamais été un long fleuve tranquille, plutôt un fleuve aussi imprévisible et cruel que le Congo.

4

Aujourd'hui, pendant la récré, un élève de l'autre classe de CM2 est venu à ma rencontre pour me demander une faveur.

À vrai dire, je l'avais déjà remarqué depuis un moment en train de m'épier sur le trajet de l'école ou pendant le lever des couleurs. Il semblait hésiter à me parler, mais il finissait toujours par renoncer, comme s'il était trop intimidé. Ce matin, il a pris son courage à deux mains et m'a approché pendant qu'on faisait des tours de balançoire avec Marc et Safi. Il a prononcé mon prénom et m'a dit qu'il s'appelait Kimunu. Je pensais qu'il allait me dire quelque chose d'important, mais à ma grande surprise, il est venu me demander s'il pouvait venir s'amuser avec mes jouets à la maison. Marc s'est immobilisé sur sa balançoire et a échangé un coup d'œil avec Safi avant d'éclater de rire. Je l'ai envoyé paître. J'allais reprendre mon élan quand il m'a agrippé le bras :

— Attends Hassan ! J'ai quelque chose qui pourrait te faire changer d'avis.

— Quoi donc ? ai-je répliqué en repoussant sa main.

— Demain, des parents organisent une grande fête... Il y aura du monde, de la musique... et surtout à manger ! Du *saka-saka*, du *madesu*, du poisson, du *maboké*, du poulet braisé... On dit de toi que tu es bon mangeur. Viens, tu seras mon invité.

Une fête avec tous ces bons plats à volonté ? L'occasion était trop belle, d'autant que je n'avais pas participé à une fête de quartier depuis notre emménagement.

— C'est à quelle heure ?

— Treize heures, a répondu Kimunu avec un grand sourire de soulagement. Je viendrai te chercher.

Il est reparti avec une petite moue malicieuse. Pendant qu'il s'éloignait, j'ai lancé :

— Eh ! Si jamais il n'y a pas de fête...

J'ai fait claquer trois fois mon poing contre ma paume avant de le brandir dans sa direction.

Le lendemain à midi trente, Kimunu s'est présenté au portail. Tantine Gloria est venue me trouver dans le salon pour me dire que quelqu'un m'attendait. J'ai éteint la télé et j'ai bondi du canapé pour me précipiter dehors. J'étais déjà apprêté. Depuis le pas de la porte, Tantine Gloria m'a suivi des yeux en hochant la tête, suspicieuse de me voir aussi bien habillé pour aller simplement jouer avec un camarade. Je ne lui avais pas dit que j'étais invité à une fête chez des inconnus. Elle ne m'aurait jamais laissé y aller.

En temps normal, les parents nous interdisaient de manger ou de boire ailleurs qu'à la maison, y compris chez certains oncles et tantes avec qui ils étaient en froid, au prétexte que les empoisonnements étaient monnaie courante au pays. Lorsque nous étions invités avec eux, les parents se raclaient doucement la gorge quand j'avais le malheur de défier leurs avertissements en acceptant, par pure gourmandise, un verre de jus ou une assiette. Maman me pinçait discrètement quand j'avais le malheur de faire la sourde oreille.

Kimunu faisait les cent pas devant le portail. En découvrant son accoutrement, je me suis figé. Il portait un pantalon côtelé blanc cassé, une chemise verte, un gilet noir. Il était coiffé d'un grand chapeau que la brise faisait danser sur son crâne. Un nœud papillon en velours légèrement penché vers le bas complétait sa tenue. Je n'avais jamais vu un style aussi comique, on aurait dit qu'il s'était échappé d'un dessin animé.

— Chose promise, chose due mon ami Hassan ! s'est-il écrié en me donnant une claque sur l'épaule. En route !

Nous avons remonté la rue principale qui était légèrement pentue, puis nous avons tourné à gauche, là où un imposant tulipier aux fleurs écarlates émergeait d'une parcelle. Ensuite, nous nous sommes enfoncés dans le dédale des rues du quartier, en nous aventurant dans un secteur que je ne connaissais pas. Nous discutions tout au long du chemin. C'est ainsi que j'ai appris que sa maison était dans la rue parallèle à la mienne.

Durant tout le trajet, Kimunu n'arrêtait pas d'ajuster son chapeau qui bâillait sur son crâne et de resserrer son nœud papillon. Il me lançait sans cesse de petits regards impatients, comme s'il tenait à ce que je le complimente pour son déguisement. Tous ceux que nous croisions dans la rue lui lançaient des *Boss*, *Chic Type*, *Beau Gars*. Kimunu semblait aux anges, à croire que c'était le plus beau jour de sa vie. Je le trouvais absolument ridicule, je me doutais qu'il avait emprunté ces vêtements à plusieurs personnes de son entourage.

Nous marchions déjà depuis un bon quart d'heure, sous le soleil de plomb de midi. Les rues étaient presque désertes. Un chien bâtard, abrité à l'ombre d'un manguier, nous suivait du regard, sa queue balayant mollement le sable chaud. Des mouches virevoltaient au-dessus de ses oreilles couvertes de plaies.

Je transpirais à grosses gouttes, la sueur s'accumulait sur le col de ma chemise. Je commençais à regretter de ne pas avoir pris de chapeau. Kimunu a dû remarquer que je souffrais de la chaleur parce qu'il m'a proposé de me prêter le sien.

— Euh non, ça ira, ai-je soupiré d'une voix rauque. Bon elle est où ta fête ?

Kimunu a pointé une maison en brique au bout de la rue, et ramené son index vers l'oreille. J'ai perçu une musique lointaine. Au fur et à mesure qu'on se rapprochait, le bruit s'accentuait. Je n'ai pas fait attention aux branches de rameaux nouées autour du lampadaire qui se dressait à l'angle de la maison. Deux papayers dégingandés, qui semblaient vaciller sous le poids de leurs fruits épais, se dressaient au-dessus de la propriété. Les murs étaient gangrenés par la mousse et les lichens.

En franchissant le portail, j'ai été assailli par l'odeur appétissante des plats qu'on servait. La parcelle était remplie de convives qui mangeaient, assis sur des chaises en plastique aux couleurs vives, les assiettes reposant sur les serviettes en papier déployées sur leurs genoux et une bouteille de soda ou de bière à leurs pieds.

Au milieu de la terrasse, sur un chevalet, trônait le portrait photo géant d'un jeune homme qui devait avoir la trentaine. Il portait un élégant costume et posait comme un dandy. Certains invités s'arrêtaient devant et hochaient la tête.

Kimunu semblait être connu de tout le monde. On le saluait, on le complimentait pour sa tenue, on lui demandait qui j'étais. Une dame qui devait être une de ses tantes l'a questionné longuement en me dévisageant de la tête aux pieds. Je ne parlais pas leur dialecte, le lari, mais j'ai compris qu'elle lui demandait d'où il me connaissait et, plus discrètement, à quelle ethnie j'appartenais. Kimunu a répondu en roulant des yeux, agacé. La tante a conclu en l'encourageant à traîner avec des gens de bonnes familles comme moi plutôt qu'avec son soûlard de frère.

À la seconde où nous avons quitté cette dame, une autre connaissance est venue parler à Kimunu. Un vieux monsieur bègue au menton hérissé de petits poils blancs et coiffé d'un béret. Mes yeux parcouraient anxieusement le jardin pour repérer une chaise libre. La saveur des plats remplissait ma bouche d'eau, je n'avais qu'une envie : manger !

J'ai fini par agripper Kimunu par le bras et lui demander d'aller nous servir. Il s'est dégagé en marmonnant quelque chose, mécontent que j'écourte son quart d'heure de gloire.

— Allez, viens ! a-t-il soufflé.

Il marchait devant moi, le menton en l'air, fier comme un coq. Il régnait un brouhaha infernal, mêlant rires et discussions animées ; la sono crachait les derniers morceaux qui faisaient danser les deux Congo.

— Ah ! mon petit Kimunu. Tu es bien beau avec ton chapeau, a félicité une maman coiffée d'un de ces foulards noirs qu'on appelle ici *kitambala*. Ton oncle aurait été bien content de te voir. *Eh Nzambi, kiadi ka kingi* !

Kimunu a reniflé et haussé les épaules. Il m'a présenté comme un *très bon ami*, son *meilleur ami*. J'ai voulu protester mais je me suis dit qu'il serait bête de me le mettre à dos si près du but. Les cuisses de poulet braisé qui émergeaient du papier alu me faisaient de l'œil. La maman derrière le buffet m'a demandé ce que je voulais en désignant chaque plat du doigt et en me les décrivant dans un français surfait. Elle devait s'imaginer que je débarquais de France. J'ai opté pour mon plat préféré : du riz et du poulet braisé, accompagné du *saka-saka*, des feuilles de manioc cuites avec du poisson fumé et de l'huile de palme. Elle m'a regardé avec des yeux ronds quand je lui ai demandé d'ajouter du piment.

Kimunu et moi nous sommes faufilés entre les convives. Je gardais mon assiette contre moi, de peur de la faire tomber, et tant pis pour l'huile de palme qui mouchetait ma belle chemise. Nous avons rejoint le coin des enfants et commencé à nous régaler en silence. Un gamin nous fixait en mâchouillant un morceau de mouton. Kimunu me regardait d'un air approbateur me délecter, la bouche barbouillée d'huile. Il semblait hésiter à me poser une question. J'ai fini par perdre patience et par lui demander ce qui le tracassait.

— Dis Hassan... tu me laisseras bien m'amuser avec tes jouets, hein ? Promis, hein ?

J'ai avalé d'un trait mon verre d'eau et j'ai acquiescé. Le piment était fort, j'avais l'impression d'avoir la bouche en feu.

Kimunu avait dit vrai, cette fête était incroyable, la nourriture était abondante. J'étais tellement content que je lui ai même promis de l'inviter deux fois à la maison. J'ai eu l'impression que c'était le plus beau jour de sa vie. En s'apercevant que mon assiette était vide, Kimunu s'est levé pour me resservir. Je lui ai demandé de me prendre du *chikwangue*, de la pâte de manioc.

Mes yeux ont balayé les invités en liesse. L'insouciance régnait, comme celle qui caractérisait nos vies avant 1997. Mais je n'arrivais pas à partager leur joie. J'étais amer, triste et un peu en colère. Ces sentiments m'habitaient depuis plusieurs mois maintenant. J'étais encore hanté par la guerre, par tous les membres de ma famille qui avaient été emportés par ce conflit.

Tout à coup, quelqu'un a mis une cassette de Koffi. Sa musique, *Loi*, a été accueillie avec ferveur. On reprenait en chœur les paroles de la chanson :

Shamukuale ya ko pesa mbongo, loi !
Na ba wiliki mba mba sokumunu pesa mbongo.

J'ai eu l'impression qu'un poison très amer se répandait dans ma bouche. Je me suis senti très mal. Mes yeux picotaient, mes doigts huileux tremblaient.

Des sanglots me sont montés dans la gorge pour redescendre aussitôt. Il y a encore quelques mois, j'adorais cette chanson. Je revoyais cousine Penda débarquer à la maison, surexcitée, en agitant entre ses mains la cassette vidéo qui accompagnait la sortie du nouvel album de Koffi. Elle nous avait réunis, Omar et moi, dans le salon pour la visionner. Elle ne tenait pas en place. Elle reprenait fidèlement les pas de la chorégraphie du grand Koffi et de ses danseurs, leurs petits sauts, les pas en arrière, les jambes voûtées, les gracieuses ondulations des reins. Depuis la mort de cousine Penda, je suis incapable d'écouter Koffi.

Je devais faire une drôle de tête parce que Kimunu est resté à me fixer, la bouche entrouverte, un plat dans chaque main. Il m'a demandé ce qui n'allait pas, et je lui ai ordonné de me laisser tranquille. J'ai attrapé l'assiette qu'il me tendait et j'ai commencé à me goinfrer, au point de manquer m'étouffer.

— Ho, Hassan ! Tu n'es pas en train de changer d'avis ? C'est sûr que tu vas me laisser jouer hein ? s'inquiétait Kimunu.

— Oui ! ai-je sifflé, de mauvaise humeur

Je mastiquais rageusement la viande de mouton caoutchouteuse. Mes yeux scrutaient la propriété quand ils se sont à nouveau arrêtés sur le portrait photo en noir et blanc du jeune homme. Un groupe de vieilles femmes agitées s'étaient rassemblées autour. Elles se prenaient la tête entre les mains et tendaient les bras vers lui en se lamentant.

J'ai avalé un morceau de *chikwangue* imbibé de sauce tomate et je me suis tourné vers Kimunu.

— Mais dis-moi, c'est qui le jeune homme sur la photo?

Kimunu s'est léché copieusement les doigts.

— C'est mon oncle, Ya Mpuku.

— Et il se cache où depuis tout à l'heure? Je ne le vois nulle part.

— Il est au cimetière.

J'ai froncé les sourcils. J'ai cru qu'il se moquait de moi. Mais non, Kimunu restait très sérieux, concentré sur son plat de haricots au poisson salé.

— Mais qu'est-ce qu'il fait au cimetière?

Et Kimunu m'a répondu le plus naturellement du monde:

— Ben il est mort! On fête le retrait de deuil. Tu ne l'avais pas compris?

*

Ce matin, Ngouba, le nouveau domestique s'occupe de tailler les plantes de la propriété. Raymond, à défaut de revenir malgré les sollicitations de Maman, a consenti à nous recommander une connaissance, qui est, paraît-il, un employé irréprochable. Maman commence tout juste à oublier que je suis le responsable de la démission de Raymond, je me tiens à carreau avec son remplaçant.

Ngouba est un type maigre comme un clou qui se décape la peau avec des produits éclaircissants. Ses joues sont gangrenées de boutons gras à la surface desquels on devine des poils incarnés. Il s'adresse à moi avec une déférence excessive, me flatte et m'affuble de surnoms comme *Petit Patron*, *Boss Junior*. Je soupçonne Raymond de lui avoir conseillé de se méfier particulièrement de moi. Lorsque je le surprends en train de m'épier, il sursaute et me montre ses grandes dents jaunes en me lançant: «Tout va comme vous voulez, Boss Junior?»

Ngouba fait claquer les énormes pinces de son sécateur autour du bougainvillier. Il sue à grosses gouttes et peste contre la nuée de *fourous*, les petits moucherons aux morsures aiguës qui s'échappent du buisson. Ses doigts sont écorchés jusqu'au sang par les épines de l'arbuste. Parfois il s'interrompt, considère son feuillage, la bouche entrouverte, haletant. De grosses gouttes de sueur ruissellent sur son menton. Les boutons de ses joues, gonflés sous l'effet de la chaleur, semblent prêts à éclater.

En me voyant arriver, il m'a adressé son grand sourire hypocrite et son «Tout va comme vous voulez, Boss Junior?». Son index courbé a ramassé la sueur de son front, avant de claquer contre son majeur. Ses yeux à fleur de tête papillotaient, comme s'il cherchait à accrocher une des phrases toutes faites qui se bousculaient dans sa tête.

— Le bon Dieu a dit que nous devions travailler à la sueur de notre front. Alors je suis ses recommandations pour gagner ma place au paradis, a-t-il soupiré.

J'ai accueilli sa remarque avec une indifférence totale et je suis allé m'asseoir sur une des grosses pierres qui délimitaient le parterre de fuchsias. Ngouba a repris timidement le travail. Au bout de quelques minutes, il a fini par oublier complètement ma présence.

J'ai toujours aimé traîner dans les pattes des domestiques pendant qu'ils s'occupent du jardin. Je collecte les fleurs et les graines qui tombent, je pose toutes sortes de questions sur les plantes. Pourquoi les fleurs sentent-elles bon ? Pourquoi certaines ont-elles des épines ? Pourquoi faut-il planter les papyrus par la tête ? Très vite, je constate que les jardiniers ont des connaissances limitées. Comme beaucoup d'adultes ici, lorsqu'ils sont à court d'arguments, ils invoquent *Dieu, ses miracles, ses mystères*. Les anciens domestiques me faisaient souvent remarquer que j'étais *spécial*, que je *posais trop de questions*, ou que je *m'intéressais aux choses auxquelles les autres enfants ne font pas attention*. Ils ajoutaient parfois qu'il fallait lire la Bible pour trouver les réponses à mes questionnements, en particulier la Genèse, que *tout est bien expliqué dedans*.

Les plantes, que la terre généreuse du Congo offre en abondance, m'ont toujours fasciné. Je peux passer des heures à les observer, les caresser, les cueillir, les écraser entre les doigts, les goûter, remplir mes poumons de leurs fragrances suaves. Je traîne souvent autour de ma nourrice ou de Maman quand elles cuisinent ou s'occupent du potager où poussent allègrement piment, basilic, tomates, arachides, aubergines... Je collecte les pépins et les graines avant que les poules les picorent. Je les conserve précieusement et les sème dans mon potager secret, qui n'est rien d'autre qu'une grande boîte en bois à fond percé que Kalenga, le gardien, m'a fabriquée. Je l'ai remplie de terre et dissimulée dans la cabane à outils, elle est séparée de mes cobayes par une planche.

Chaque jour, avant d'aller à l'école, je nourris mes animaux et j'arrose mes graines. Je suis tellement impatient que je reviens les inspecter plusieurs fois dans la journée, en m'imaginant que par je ne sais quel miracle les graines ont déjà germé. La naissance d'une jeune pousse est toujours un moment marquant qui remplit mon cœur de joie, au grand étonnement de mes parents et de Tantine Gloria qui se demandent comment un enfant aussi bagarreur peut faire preuve de douceur envers des végétaux.

En milieu d'après-midi, Ngouba est venu m'annoncer avec déférence que quelqu'un m'attendait au portail. J'ai trouvé Kimunu, qui me regardait d'un air méfiant.

— Alors c'est bon ? Je peux venir jouer aux petits soldats chez toi, hein ?

Je l'ai dévisagé, partagé entre l'envie de le frapper ou de le laisser entrer. Je n'avais toujours pas digéré qu'il m'ait invité à la fête d'un mort.

— Allez, entre !

Kimunu s'est émerveillé de découvrir notre propriété. Il n'arrêtait pas d'émettre des *Iyo-oo !* en découvrant le jardin et en épiant le grand salon à travers les voilages des fenêtres.

— Tu n'as pas de jardin chez toi ? lui ai-je demandé, en vidant bruyamment le coffre à jouets sur la terrasse.

— Non, on a seulement un potager. Maman fait pousser des tomates, des arachides et du piment qu'elle vend ensuite au Marché Total.

— Nous aussi on a un potager. Il est de l'autre côté de la maison.

Ses yeux se sont illuminés.

— Ah bon ! Ta mère vend ses légumes au marché aussi ? Peut-être qu'elles se connaissent ! Maman s'installe au niveau du kiosque de Rigobert le coiffeur, juste devant le caniveau. Il est où le stand de la tienne ?

— Ma mère est fonctionnaire, elle ne fait pas pousser ses légumes pour les vendre !

Kimunu a brusquement fixé ses sandales en caoutchouc. J'ai regretté d'avoir été aussi cassant. Son expression a changé du tout au tout quand je l'ai enfin autorisé à jouer.

Il a enfoncé ses doigts écartés dans l'amoncellement de jouets, comme un aventurier qui découvrirait un trésor tant convoité. Il maniait les petits soldats avec délicatesse, comme s'il s'agissait de reliques. Ses yeux luisaient, un sourire béat tendait ses lèvres.

Je l'observais discrètement, amusé et un peu triste pour lui. Pour la première fois, je me demandais à quoi pouvait bien ressembler son quotidien.

Kimunu s'est arrêté de jouer. Il mordillait nerveusement sa lèvre inférieure en me dévisageant. Il semblait se retenir de dire quelque chose et s'est finalement lancé :

— Dis Hassan, ça ne te dérange pas d'aller faire un tour pendant que je joue ? Ça me met mal à l'aise quand tu me fixes, je n'arrive pas à me concentrer.

— Depuis quand il faut se concentrer pour jouer ?

Il n'a pas osé répondre. Ses yeux ont de nouveau fixé ses pieds. J'ai eu pitié de lui et je me suis résigné à le laisser seul, après lui avoir rappelé qu'il n'avait pas intérêt à me voler.

— Je ne te volerai jamais Hassan ! Si je mens, je vais en enfer. Maintenant qu'on est amis, je veux revenir jouer chez toi. Je ne te ferai pas de mauvais coups, on vérifiera même à deux ta liste de jouets pour être sûr.

Je le guettais depuis le salon pendant qu'il s'amusait. Il imitait le son des mitraillettes et des obus. Ici, les enfants ne savent jouer qu'à la guerre.

Une odeur savoureuse a fini par m'attirer vers l'arrière-cour. Ma nourrice préparait des *mabokés*, un plat de poisson d'eau douce en papillote cuit à la vapeur. Le *zebi lamba* sur lequel elle était assise couinait quand elle se penchait pour remuer les petits paquets de feuilles de bananier sur leur lit de cendres.

— Tantine Gloria, j'ai faim. Quand est-ce qu'on mange ?

Elle a hoché la tête sans cesser d'agiter un bout de carton replié au-dessus des charbons. La cendre se dispersait dans l'air.

— Tu as mangé il y a à peine trois heures. *O tondi te* ? Tu n'es pas rassasié ?

— Non, j'ai encore faim.

Je rôdais autour de ma nourrice, en lançant des coups d'œil impatients en direction des petits paquets qui sifflaient sur le feu. La saveur fumée et piquante des mets me chatouillait les narines et inondait ma bouche de salive. Je me suis assis à côté d'elle sur un autre *zebi lamba*. Samir pourchassait les poules qui s'aventuraient sur le gazon du jardin. Tantine Gloria m'a charrié en me disant que petit, je donnais des coups de pied dans les casseroles quand j'avais faim. J'ai roulé des yeux.

— Alors ? C'est bientôt prêt ?

Ma nourrice a fait claquer sa langue et hoché la tête sans détacher ses yeux du foyer. Elle a répété ma question d'un ton moqueur puis elle a retiré un *liboké* du feu en le soulevant du bout des doigts. Elle l'a déposé dans mon assiette et l'a dénoué. La vapeur appétissante s'est dissipée, découvrant le poisson épicé qui baignait dans son jus, avec de petits oignons, de l'ail, des tomates et du basilic. Mes lèvres frémissaient pendant qu'elle coupait la pâte de manioc blanche et caoutchouteuse. Elle a extrait d'une petite casserole un *safou* et m'a tendu l'assiette en tchipant.

— Mais ton ami n'a pas faim ?

— Non.

Au moment où il m'a vu arriver avec mon plat, Kimunu s'est arrêté de jouer. Il m'a regardé me régaler en silence, la bouche entrouverte, les commissures de ses lèvres brillaient.

Je me goinfrais en poussant de petites exclamations de gourmandise. Je ne prenais pas plaisir à le voir ainsi, affamé, non. À vrai dire, l'idée de partager mon plat avec lui ne me traversait même pas l'esprit.

L'envie de jouer avait quitté Kimunu. Il avait déposé les jouets sur la terrasse et me regardait, hébété, comme envoûté par la vapeur blanche du *liboké* qui s'étirait lentement vers ses narines. Au fur et à mesure que la quantité de nourriture baissait, son visage s'assombrissait. Il avait faim, je pouvais le lire dans ses yeux. Mais moi aussi, j'avais faim ! En partageant, personne n'aurait été satisfait.

Le grincement du grand portail l'a extirpé de ses pensées. Katoto, le chauffeur, rentrait la voiture. Mon père, impeccable dans son costume, portant un attaché-case, est apparu. Il m'a salué et m'a demandé comment s'était passée ma journée d'école.

Kimunu lui a dit bonjour à mi-voix, sans oser le regarder dans les yeux. Il s'est dirigé vers le salon, accompagné du son de ses chaussures cloutées. Mais au moment où il allait écarter le voilage, il a fait volte-face et ses yeux ont jonglé entre Kimunu et moi. Il m'a demandé suspicieusement si mon ami n'avait pas faim. Je n'ai pas trop su que répondre. Mon père a haussé les sourcils, mécontent de ma réponse, et m'a ordonné de servir Kimunu, qui le regardait avec de grands yeux émus.

Je n'avais jamais vu quelqu'un d'aussi affamé. Il a vidé son *liboké* et soigneusement essuyé son assiette avec un morceau de manioc.

— Ton papa est un homme généreux Hassan. Que Dieu le bénisse cent fois !

Kimunu s'est adossé au mur de la terrasse. La lueur dorée du crépuscule illuminait son profil et soulignait les taches d'huile sur ses lèvres.

— Qu'est-ce qu'il fait sans la vie ton père ? ai-je demandé.

— Mon père avait une petite entreprise qui marchait bien avant la guerre de l'année dernière. On habitait même dans une maison en dur ! m'a-t-il confié avec un sourire nostalgique. Et puis quand la guerre a éclaté, il a tout perdu. Il ne s'en est jamais remis et il...

Sa voix s'est brisée, il a haussé les épaules. Je n'ai pas voulu en savoir davantage. De toute façon, il était bientôt dix-sept heures et je devais filer faire mes devoirs. J'ai vérifié la liste de jouets avant de le libérer. Arrivé au portail, Kimunu m'a demandé s'il pourrait revenir jouer à la maison.

— Si tu m'apportes à manger ou si tu m'invites à une fête, oui.

Il a acquiescé en montrant ses grandes dents. Une petite feuille de basilic était collée à son incisive.

— Et surtout la fête de quelqu'un de vivant ! lui ai-je rappelé.

Il s'est esclaffé et s'est éloigné en trottant dans la rue, ses sandales répandant un nuage de poussière. Mine de rien, je commençais vraiment à l'apprécier. Je m'en voulais presque d'avoir été aussi dur avec lui au début.

5

Pendant la saison des pluies, on est toujours surpris par l'intensité des averses. En quelques minutes, une avalanche de nuages menaçants déferle dans le ciel et l'obscurcit. Les bourrasques secouent les papayers et les manguiers, les moineaux sont malmenés en plein vol. Un semblant de panique s'empare des passants et des marchands ambulants. On voit les mamans ranger dans la précipitation leurs étals, les enfants épouvantés courir dans la rue en luttant contre le vent. Des éclairs argentés lézardent les nuages boursoufflés, puis un tonnerre assourdissant déclenche la pluie.

Quand l'orage gronde, Maman nous ordonne de débrancher les appareils électriques. Elle recouvre alors les miroirs de la maison de pagnes. Lorsque les tonnerres fracassent le ciel, elle invoque Dieu.

Elle nous dit de ne pas avoir peur, de répéter après elle les sourates qu'elle prononce. Samir s'accroche à elle en pleurant, terrorisé par le martèlement des grosses gouttes sur le toit.

Aujourd'hui, l'orage a éclaté au milieu de l'après-midi. Les domestiques ont interrompu leurs tâches pour trouver refuge dans la cuisine. Ils avaient l'air inquiets. Les pluies rendent les routes impraticables, ce qui complique leur long trajet de retour jusqu'à leurs quartiers excentrés.

Un éclair puissant illumine le ciel, suivi du tonnerre. Maman invoque Dieu. Omar répète sa sourate. Quant à moi, je garde le silence. Maman me lance un regard désapprobateur. Je ne sais pas trop quoi penser de tout cela. Je commence à douter de la religion. L'horreur que nous avons connue il y a quelques mois a bouleversé mes convictions, je n'arrive simplement plus à croire.

La chambre que je partage avec Omar était plongée dans la pénombre. J'ai ouvert délicatement les fenêtres puis écarté les persiennes rabattues par le vent pour admirer l'orage. J'ai inhalé le parfum de la terre pétrie par la pluie. L'éclat des éclairs se reflétait sur les feuilles géantes du bananier. Au loin, j'entendais crier notre voisine, dont le fils avait oublié de retirer le linge du fil.

J'ai toujours aimé la pluie, l'orage, cette atmosphère étrange, effrayante et belle qu'ils installent.

Le crépitement des gouttes et leur mélodie dissonante quand elles rencontrent la terre, un feuillage ou le toit de tôle. La pluie m'apaise. J'emplis mes poumons de l'odeur savoureuse du jardin trempé et des persiennes mouillées. J'observe ces gros escargots qui s'aventurent en dehors de leur cachette pour entamer leur lente procession. Parfois, je fabrique un petit bateau en papier. Je le dépose sur le delta éphémère qui lézarde le sol. Silencieux, je le regarde s'éloigner, porté par les eaux. Parfois, il se coince dans un amas de feuilles. Je lui viens en aide avec une brindille.

La pluie s'interrompt. Je reste accoudé au rebord de la fenêtre, le visage humide, et je repense à cousine Penda, à nos fous rires lorsque l'orage nous surprenait et que nous revenions à la maison trempés jusqu'aux os.

Petit à petit, je sombre dans mes pensées, je vois défiler dans mon esprit les images marquantes de l'année 1997, qui pourtant avait tout pour être l'une des plus belles de ma vie et qui s'est achevée dans la guerre, la maladie et la mort.

*

J'avais huit ans et demi lorsque la guerre de 1997 a éclaté. Une guerre civile sanglante qui a meurtri le pays. D'un côté, on retrouvait le président Pascal Lissouba, ses miliciens les Zoulous, appuyé par son

Premier ministre Bernard Kolélas et ses Ninjas. De l'autre, l'ex-président et candidat Denis Sassou Nguesso et ses Cobras, soutenu par les forces armées angolaises. Une guerre à laquelle de jeunes hommes aguerris, des frères de lait qui avaient tété le même sein, celui de notre Congo généreux, avaient pris part en rejoignant des milices armées, par accointances ou par appartenance ethnique.

Pourtant, quelques mois auparavant, nous menions une vie heureuse et insouciante. Nous habitions alors dans une autre maison, déjà dans un des beaux quartiers de la capitale. Omar et moi fréquentions une école publique. Samir, venait d'avoir deux ans. Maman était enceinte d'une fille. La première ! Toute la maisonnée attendait l'arrivée du bébé avec impatience. Dans la future chambre trônait un couffin en osier garni de linge blanc.

Très vite, l'excitation liée à la naissance prochaine du bébé a laissé place à l'inquiétude. Je surprenais parfois les adultes, le visage grave, à faire des messes basses. Certains mots revenaient régulièrement : tensions, affrontements, déplacés.

Un beau matin, aux premières lueurs de l'aube, les parents sont partis précipitamment à l'hôpital. Le bébé était en train d'arriver. Tantine Gloria et Tantine Hortense, une voisine, allaient veiller sur nous et s'occuper de Samir.

Je n'ai pas pu me rendormir après le départ des parents. Je gardais les yeux ouverts dans la pénombre. J'étais inquiet. Depuis quelques jours la guerre avait éclaté. Les journées étaient rythmées par le sifflement lointain des balles, le grondement des obus qui s'écrasaient. L'idée qu'un malheur arrive à mes parents ou au bébé me glaçait le sang.

L'atmosphère était très pesante à la maison, à croire qu'un gros nuage noir flottait au-dessus de nous. Tantine Gloria et Tantine Hortense emportaient partout le petit poste radio, qu'elles collaient à leur oreille. D'épouvantables histoires circulaient dans notre quartier. On parlait d'exactions, d'arrestations arbitraires, de nourrissons pilés dans des mortiers. Je n'avais que huit ans et demi, et c'était déjà ma deuxième guerre. De la première, qui avait eu lieu en 1993, je ne gardais que des souvenirs fugaces.

Cette année-là, nous avions trouvé refuge à Poto-Poto, chez Koko, ma grand-mère. Kitemona, une des habitantes de la concession, veillait sur la propriété et ses habitants. Du genre garçon manqué et taillée comme une armoire à glace, elle patrouillait quotidiennement, armée d'un fusil d'assaut en bandoulière. À cette époque-là, je percevais la guerre comme un jeu. Pendant les périodes d'accalmie, avec Omar et d'autres enfants, nous sortions de la parcelle à l'insu de Kitemona, et nous nous amusions à compter les impacts de balles sur les façades. Je me souviens d'avoir ramassé un jour une balle intacte, dans sa douille, qu'un soldat avait dû laisser tomber. Je l'avais conservée précieusement comme un trophée. Lorsque grand-mère l'avait découverte, elle m'avait réprimandé et fait jurer de ne plus jamais jouer avec ce qui s'apparentait de près ou de loin à une arme.

Je sentais que cette guerre de 1997 allait être terrible, qu'elle allait bouleverser durablement nos vies. Je m'endormais en priant pour Maman et le bébé, et je tendais l'oreille vers le salon, en espérant entendre de meilleures nouvelles à la radio.

Et un matin, la maison s'est retrouvée plongée dans une grande agitation. Le visage grave de Tantine Hortense s'était éclairé et Tantine Gloria fredonnait en préparant notre petit-déjeuner. Au moment où nous sommes passés à table, elle nous a annoncé, les larmes aux yeux, la grande nouvelle : notre petite sœur était née !

Dès lors, un vent d'insouciance s'était mis à souffler sur la maison, tout le monde était de bonne humeur, soulagé. Je n'avais jamais été aussi impatient de ma vie. J'aurais voulu que mes parents rentrent tout de suite avec ma sœur, la serrer dans mes bras, la couvrir de baisers, la rassurer. J'en avais presque oublié la guerre et le claquement des balles.

Tantine Hortense faisait des allers-retours entre la maison et l'hôpital. Elle, d'habitude si réservée, avait maintenant en permanence un sourire serein sur ses lèvres. Ses grands yeux pétillaient plus que de coutume. Dès qu'elle revenait de l'hôpital, je me précipitais vers elle pour prendre des nouvelles de Maman et de ma petite sœur.

Un jour, Tantine Hortense m'a dit cette chose à peine croyable, je la revois encore, elle étendait soigneusement le dernier lange au fil. De petites bulles transparentes tremblaient à sa surface. Elle a maintenu le lange avec de petites pinces en bois puis s'est tournée vers moi, avec son visage souriant.

— Ta petite sœur se porte très bien, Hassan. Tu n'en reviendras pas quand tu la verras. Elle te ressemble comme deux gouttes d'eau ! Elle a les cheveux aussi fournis que les tiens. Elle a ta bouche, ton regard espiègle.

Je n'oublierai jamais ma fierté ce jour-là.

L'atmosphère à la maison a changé du tout au tout les jours suivants. L'insouciance et les sourires ont laissé place à l'inquiétude. Les adultes ne nous donnaient plus de nouvelles. Ma curiosité provoquait un semblant d'agacement. J'ai fini par remarquer que Tantine Hortense n'emportait plus de langes à l'hôpital. Ils s'accumulaient sur la corde à linge, rêches, se balançant doucement au vent. Un matin, j'ai surpris Tantine Gloria sangloter en les retirant. En la voyant serrer délicatement un minuscule gilet contre elle, j'ai compris. J'ai compris que ma petite sœur était morte.

Maman est revenue à la maison quelques jours plus tard. Ce n'était plus la mère que je connaissais, pleine de vie, bien portante, mais une femme frêle, terriblement amaigrie, qu'on devait soutenir à chacun de ses pas. Maman passait ses journées alitée, le regard vide. Ma nourrice et Tantine Hortense se relayaient pour s'occuper d'elle. Quand je l'ai vue sourire de nouveau, j'ai eu l'impression qu'une très longue nuit venait de toucher à sa fin.

*

Les combats s'intensifiaient. J'avais souvent du mal à trouver le sommeil, les pensées se bousculaient dans ma tête. Maman convalescente, ma défunte petite sœur, cette maison que nous allions peut-être devoir évacuer... Une autre source d'inquiétude était née parmi nous : nous n'avions pas de nouvelles de Koko et de cousine Penda, qui habitait avec elle. Les lignes téléphoniques ayant été coupées, nous ne pouvions plus les joindre. Notre inquiétude était d'autant plus grande que nous savions que Koko souffrait d'arthrose, elle ne pouvait se déplacer que très difficilement et sur de courtes distances.

Personne ne pouvait aller la chercher, y compris mon père. Par les temps de guerre, un homme seul qui se déplace peut être arrêté et emprisonné. Ou pire, torturé et tué.

Maman gardait toujours son lit, nous redoutions que son état se dégrade. Nous lui avions caché que nous n'avions aucune nouvelle de sa mère et de sa nièce.

Mon père avait commencé à se renseigner dans son entourage pour savoir où nous pourrions trouver refuge. Mais je sentais qu'il était tourmenté à l'idée de partir en laissant derrière nous ma cousine et Koko. Et si jamais elles arrivaient à la maison après notre départ ? Que deviendraient-elles ?

Les affrontements ne se limitaient plus à la nuit. Nous avions appris que le fils d'un ami de la famille avait été atteint d'une balle perdue. Elle l'avait frappé à la tête en plein jour. Il avait survécu par on ne sait quel miracle. Depuis, mes frères et moi avions interdiction formelle de jouer dehors.

Puis, un après-midi, un événement terrible s'est produit : une balle perdue a traversé la fenêtre du salon pour se ficher juste en dessous de l'horloge murale. Nous sommes restés interdits, livides. Nous avons réalisé cet après-midi-là que nous n'étions même plus en sécurité dans l'enceinte de notre maison. L'incident a conforté mon père dans sa décision d'évacuer la capitale. Nous devions partir. Les préparatifs de ce départ s'effectuaient à contrecœur car Koko et cousine Penda hantaient nos esprits.

La veille de notre départ était une journée ensoleillée, la matinée avait été étrangement calme. Je regardais un dessin animé dans le salon avec Omar. La quiétude de la maison a été interrompue par des tambourinements contre le grand portail. Ma nourrice a sursauté et s'est approchée, tremblante.

— Qui est là ? a-t-elle poussé d'une voix anormalement forte, qui cherchait à dominer sa peur.

— Tantine, ouvre ! C'est moi ! a répondu une voix féminine.

— Toi qui ? poursuivait ma nourrice,

— C'est moi, Penda ! Ouvre, Tantine, je suis avec Koko !

À travers la fenêtre du salon, j'ai vu ma nourrice lutter de ses doigts tremblants pour tirer le loquet. Le portail s'est entrouvert, dans un grincement, sur cousine Penda, en nage, haletante, et Koko, recroquevillée dans une brouette. Cousine Penda est entrée dans la maison en poussant Koko dans son moyen de locomotion de fortune. Médusée, ma nourrice a refermé précipitamment le portail avant de plaquer sa main contre sa bouche.

Ce jour-là, ma cousine, du haut de ses dix-sept ans, avait accompli l'acte le plus héroïque de sa courte existence. On dit parfois que dans les moments de danger, certaines personnes sont capables de repousser leurs limites et de prendre des décisions courageuses et insensées à la fois, auxquelles elles repensent bien des années plus tard avec un mélange de fascination et d'effroi. C'était le cas de cousine Penda.

Malgré les escarmouches dans le centre-ville et la présence de soldats et de milices armées, elle avait pris son courage à deux mains. Koko étant infirme, elle s'était procuré une brouette et s'en était servie pour l'évacuer à travers la capitale, faisant fi des balles et des risques qu'elles couraient. Au bout d'une longue heure, elles étaient parvenues à atteindre, saines et sauves, la maison.

Immobile sur le seuil de la porte de la salle de bains, je regardais cousine Penda boire de grandes lampées d'eau. Les fines veines de son cou étaient saillantes. Ma nourrice et Tantine Hortense s'occupaient de Koko, encore très éprouvée. Cousine Penda a recueilli de l'eau du robinet dans ses mains jointes et s'est rincé le visage. Je l'observais, silencieux, surtout impressionné par son acte héroïque.

— Qu'est-ce qu'il y a Hassan ? m'a-t-elle demandé.

— Ya Penda, tu as vraiment fait le trajet toute seule ? Sous les balles ?

Elle a acquiescé en s'essuyant le visage d'un revers de la main.

— Personne ne t'a vraiment aidée ?

Elle a secoué la tête avec un demi-sourire. Elle semblait savourer cet instant durant lequel je la regardais comme je ne l'avais jamais regardée, avec une immense admiration, elle que je percevais jusqu'alors – comme beaucoup de gens autour d'elle – comme une adolescente un peu chétive et effacée, à la voix douce.

Nous avons abandonné la maison le jour suivant, à l'aube, et pris la direction d'un petit village en périphérie de la capitale épargné par les affrontements. Une connaissance de mes parents, le pasteur Malanda, possédait là une petite propriété dans laquelle plusieurs familles avaient déjà trouvé refuge.

Maman n'étant pas rétablie, ma nourrice a décidé de rester avec nous. Katoto, le chauffeur, qui habitait notre quartier, a consenti à nous escorter avec sa voiture personnelle. Nous avons été répartis entre la sienne et celle de mon père.

Tantine Hortense nous a aidés à charger nos affaires dans le van de Katoto, avant de nous dire au revoir. Elle ne voulait pas abandonner sa maison. Elle rassurait Maman en lui disant que tout irait bien. Elle est restée au milieu de la rue, agitant timidement la main, le visage illuminé de son sourire si bienveillant, jusqu'à ce qu'on disparaisse à l'intersection.

Nous avons roulé en évitant les zones d'affrontements. Nous croisions parfois des habitants, hébétés, qui n'avaient pas fui, et qui nous suivaient silencieusement du regard. L'odeur de la poudre régnait. Nous découvrions une succession de maisons défigurées par les combats. Ici une propriété éventrée par un obus ou une roquette, là une façade criblée de balles, plus loin une maison réduite à un amas de gravats. Quelques carcasses de voitures encore fumantes jonchaient le bas-côté.

Au bout d'une bonne heure, nous avons quitté la ville pour remonter une longue piste sinueuse en terre battue, bordée de part et d'autre d'une prairie à la végétation abondante et très haute. À l'horizon, on devinait les silhouettes des collines verdoyantes, baignant dans un brouillard laiteux. L'odeur du soufre avait laissé place à celle des arbres et des fleurs qui répandaient dans l'atmosphère leur parfum discret qui m'apaisait et me rappelait de doux souvenirs.

Nous sommes arrivés dans ce qui ressemblait à une minuscule ville, ou plutôt un grand village. La rue principale était la seule à être asphaltée. Autour d'elle s'étalait un marché. La vie battait son plein, une cacophonie agréable régnait. Ici, le temps semblait suspendu. J'ai pensé naïvement que l'endroit était préservé de la guerre.

La voiture de mon père a tourné à gauche pour s'engager dans un sous-bois qui formait, au-dessus du chemin, une voûte naturelle. Les manguiers géants semblaient crouler sous le poids des fruits. De temps en temps, nous croisions de modestes maisons en argile aux toits de tôle rouillée et aux clôtures faites d'un entrelacement de roseaux. À l'extrémité du sous-bois, une vaste concession s'est dévoilée.

Les voitures se sont garées à côté d'une jeep rouge bordeaux, et aussitôt un homme trapu aux cheveux blancs est venu nous accueillir chaleureusement. En l'entendant saluer mon père, j'ai compris qu'il s'agissait du pasteur. Il avait une voix rocailleuse et sympathique. Il m'a dit bonjour en me pinçant affectueusement la joue et nous a invités, mes frères et moi, à aller jouer avec les autres enfants de la concession. Nous nous sommes tournés vers nos parents, le regard interrogatif, qui nous ont autorisés à y aller d'un léger signe de la tête.

Je n'avais pas particulièrement le cœur à m'amuser. J'avais une petite boule au ventre, je me sentais en terrain hostile dans cette vaste concession, chez ces étrangers qui nous accueillaient. Le sentiment qui prédominait chez moi était un mélange de chagrin et de déception. Naïvement je m'étais imaginé que notre éloignement des zones de combat m'apaiserait, mais notre maison avait commencé à me manquer au moment où nous l'avions quittée.

Avant le dîner, le pasteur Malanda et son épouse nous ont présentés à leurs enfants – les plus âgés connaissaient déjà mes parents -, puis aux cinq familles qui avaient trouvé refuge chez eux. La concession du pasteur était constituée de plusieurs dépendances et d'une salle de prière spacieuse. L'épouse du pasteur a décidé que nous occuperions l'une des dépendances.

Il s'agissait d'une modeste maison en briques rouges, faite de deux pièces et équipée d'un toit en tôle. Les fenêtres étaient béantes, dépourvues de persiennes ou de rideaux. Nous devions partager la maisonnette avec une autre famille, chacune occupant une pièce.

La première nuit, le sommeil a été particulièrement long à venir. Nous dormions dans des conditions spartiates, à même le sol, sur des nattes et des draps. Les hurlements lointains de bêtes de la forêt m'épouvantaient. Je pouvais voir les yeux de mon frère luire dans l'obscurité. Nous nous regardions en silence.

*

L'eau était rationnée dans la concession du pasteur. Nous utilisions un seau en fer pour notre toilette. La seule douche fonctionnelle se trouvait dans la maison principale. Comme nous étions trop nombreux, le pasteur en avait fait construire une deuxième, sommaire, constituée de quatre plaques de tôle qui faisaient office de cabine. Les toilettes, quant à elles, me terrifiaient. Elles étaient dissimulées dans un bosquet, en contrebas de la propriété. Il s'agissait d'une dalle en béton à laquelle était solidement fixée une trappe en bois avec des charnières. Lorsqu'on la soulevait, elle dévoilait dans un grincement terrifiant un trou béant qui ressemblait à la porte des enfers. Certains produits comme le papier hygiénique étant en pénurie, le fils du pasteur, qui nous faisait visiter les sanitaires, avait survolé de la main la végétation environnante et nous avait invités à faire preuve d'imagination pour régler nos petits tracas personnels.

La propriété était gardée par un boxer qui portait le nom de Robespierre. Une fois détaché, ce molosse épouvantait tout le voisinage. Les femmes, de retour du puits, renversaient leur cruche, les enfants et les vieillards se cloîtraient dans leur maison. Le véritable nom du chien était Samson, mais un voisin, qui avait fait ses études en France, l'avait renommé Robespierre, d'après un personnage historique qui avait terrorisé les Français au lendemain de la Révolution. Depuis tout le monde – y compris le pasteur – avait fini par adopter ce nom. La présence de ce molosse était un mal pour un bien pour les parents, qui n'hésitaient pas à le mentionner pour discipliner leurs enfants : « Termine ton bouillon de tilapia sinon Robespierre va venir te chercher cette nuit. »

Nos journées obéissaient souvent à un même rythme : lever, toilette des enfants, petit-déjeuner, prière dans la grande salle. Ensuite, les mamans s'occupaient du déjeuner. Maman, qui était encore alitée, ne prenait pas part aux tâches. Parfois, nous, les enfants, prêtions main-forte à nos mères en les aidant à récolter des légumes dans la plantation du pasteur. Nous étions aussi chargés de collecter des écorces de ce bois résineux, que nous surnommions *pétrole*, et qui était un excellent combustible. Après un déjeuner léger, nous faisions la sieste. L'après-midi, nous avions quartier libre. Nous évitions scrupuleusement de nous aventurer dans le territoire de Robespierre qui, bien que solidement attaché à une poutre, nous terrorisait. Avec d'autres enfants de mon âge, nous jouions avec tout ce qui était à notre portée. Explorer la bambouseraie de la propriété, faire la course avec un pneu abandonné, créer des figurines en argile, fabriquer un lance-pierre pour chasser les lézards... Parfois, nous traquions les grillons. Il suffisait de repérer les trous dans le sol, d'y glisser une tige puis de les capturer lorsqu'il en sortait. Ce loisir avait fini par être mon préféré car les grillons étaient comestibles. Nous les faisions revenir dans une boîte de conserve avec un filet d'huile de palme et nous les dégustions pour couper notre faim.

Le soir nous dînions, faisions une dernière prière durant laquelle la plupart des enfants somnolaient déjà.

Notre séjour chez le pasteur était aussi pour nous la découverte d'un Congo rural, que nous ne connaissions pas.

Il cultivait un champ d'ananas de taille moyenne, qui s'étalait sur le versant de la propriété, en amont d'un cours d'eau. Lors de leur floraison, les jeunes ananas ressemblaient à d'énormes rubis incrustés de grandes dents coniques entre lesquelles émergeaient de délicates fleurs bleues.

Le pasteur, qui était aussi apiculteur à ses heures perdues, enfilait quelquefois sa combinaison blanche, s'équipait de son enfumoir et récoltait le miel sous nos regards émerveillés. Nous nous tenions en retrait, et suivions son rituel sans en perdre une miette. Une fois sa récolte terminée, il la partageait avec nous. Nous croquions à pleines dents les rayons, desquels jaillissait généreusement le miel.

À la nuit tombée, j'aimais m'aventurer avec quelques camarades à la lisière du champ pour contempler la valse des lucioles. Elles lévitaient au-dessus des hautes herbes, scintillaient dans l'obscurité comme de minuscules étoiles et dessinaient des vrilles délicates. La valse des lucioles nous faisait oublier les ténèbres, le grondement lointain des obus et le ballet aérien des balles incandescentes.

*

Dans cet îlot de quiétude, nous étions comme préservés de l'agitation du pays. Rien ne laissait penser qu'à quelques kilomètres de là, les combats étaient sanglants et les maisons, les quartiers, chaque jour plus défigurés. Mais la guerre a fini par nous rattraper en se dissimulant derrière le masque d'un mal sournois, impitoyable et invisible : le paludisme.

Une épidémie s'était abattue sur la concession. Le mal s'invitait chez toutes les familles. Beaucoup se retrouvaient cloués au lit par une forte fièvre, des migraines et d'atroces douleurs abdominales qui s'accompagnaient de vomissements. Dans les cas les plus graves, les malades commençaient à délirer.

Nous prenions chaque jour un peu plus conscience de la virulence de l'épidémie, notamment pendant les messes quotidiennes. La grande salle était clairsemée, l'atmosphère devenait pesante, les prières pour nos malades s'éternisaient. Dans ma famille, nous avons tous été contaminés et Omar, plus que les autres. Mon frère cadet était paludéen depuis son plus jeune âge. Tantine Gloria, Koko et cousine Penda se relayaient à son chevet.

Puis, cousine Penda est tombée malade à son tour. Sa crise de s'est révélée particulièrement sévère. Elle s'est mise à maigrir à vue d'œil. Son visage s'émaciait, ses forces l'abandonnaient. Profondément inquiets, les parents ont dû se résoudre à la faire évacuer au dispensaire du village, où un lit venait de se libérer.

La veille de son départ, je suis resté à son chevet. Elle dormait d'un sommeil très léger, qui n'avait rien de reposant. De ses lèvres entrouvertes s'échappait un souffle léger, brûlant, auquel se mêlaient parfois des paroles indéchiffrables. Cousine Penda délirait. Koko, Maman, et Tantine Gloria, malgré l'épuisement de leurs nuits courtes, me rejoignaient de temps en temps. Je n'avais jamais vu de visages autant accablés par le chagrin. Koko agitait son éventail pour faire baisser la fièvre. J'essayais de me convaincre que cousine Penda souffrait d'une crise de palu virulente, comme chacun de nous en avait connu par le passé, et qu'elle finirait tôt ou tard par se rétablir.

Le lendemain, ma cousine a été transportée au dispensaire du village. Maman la soutenait pendant qu'elle progressait fébrilement vers le pick-up rouge du pasteur. On l'a délicatement allongée sur la banquette arrière. Elle haletait doucement, la bouche sèche. Maman lui a fait boire de l'eau en soutenant sa nuque. Le moteur du pick-up a toussoté, puis le véhicule a disparu dans un nuage de poussière, nous laissant, mes cadets, Koko, ma nourrice et moi, blottis sur le seuil de la porte, murés dans le silence.

À ce moment-là, l'espoir subsistait en moi, je continuais à croire que ma cousine serait soignée et qu'elle nous reviendrait en forme. Après tout, c'était elle l'héroïne de la famille. Elle avait bravé les combattants, survécu aux balles pendant son trajet de tous les dangers entre Poto-Poto et Bacongo ! Comment pouvait-elle être terrassée par un parasite transmis par un moustique insignifiant ? C'était mon héroïne. Sa mort était inimaginable.

Au bout de quelques jours, j'ai remarqué que le comportement des adultes changeait. Il semblait se passer quelque chose de grave. Ils évitaient de prononcer le nom de ma cousine. Ils désignaient notre dépendance du doigt et secouaient tristement la tête. Ils maudissaient la guerre, la pénurie de médicaments et remettaient le sort de la malade entre les mains de Dieu. Malgré nos prières quotidiennes, son état empirait. Les adultes semblaient avoir perdu espoir. Je leur en voulais secrètement.

Enfin, un matin, mes parents m'ont annoncé une grande nouvelle : j'allais rendre visite à cousine Penda au dispensaire ! Pendant que je fouillais dans un grand sac en toile pour trouver un beau vêtement, mon père m'a ordonné de me dépêcher. Il m'a dit que le t-shirt que je portais ferait l'affaire. J'ai haussé les épaules et je les ai rejoints.

Au moment où nous allions partir, je me suis arrêté. Je leur ai demandé pourquoi mes cadets ne nous accompagnaient pas. Après tout, c'était Omar le chouchou de ma cousine ! Mes parents se sont regardés, silencieux, tristes. Puis Maman a murmuré « Partons Hassan ».

Nous avons remonté le sentier terreux, sous la voûte naturelle des manguiers du sous-bois. La brise caressait le feuillage abondant et l'air frais s'échouait sur nous, léger et délicat comme un rideau de soie. Nous avons longé un petit cimetière à l'abandon. Les pierres tombales délabrées disparaissaient derrière la végétation. Sur certaines, on distinguait à travers le feuillage la photographie poussiéreuse du défunt. Des personnes souvent âgées, de jeunes adultes et même des enfants. Ces visages m'épouvantaient, j'avais l'impression qu'ils me fixaient intensément pour mieux venir me hanter au milieu de la nuit.

Peu à peu, le brouhaha du marché a englouti le chant mélodieux des oiseaux. Nous venions d'atteindre la route principale du village. De part et d'autre, la vie grouillait. Les rires des enfants, les marchands ambulants qui hélaient les passants, le klaxon d'une mobylette, les poules encagées qui caquetaient...

J'ai donné la main à Maman et nous avons traversé la route en nous faufilant entre les voitures et les deux roues, puis nous avons emprunté un autre chemin de terre qui contournait le marché. Le sentier débouchait sur une place dominée par un petit bâtiment aux murs décrépis. Malgré les lettres manquantes effacées par le temps, on devinait le mot *Dispensaire* sur la façade.

Mon père a échangé avec un médecin qui nous a invités à le suivre. Nous avons traversé une grande salle avec des briques d'aération, par lesquelles l'air frais s'invitait. Au fond, il y avait une petite chambre avec quatre lits occupés par autant de malades, parmi lesquels cousine Penda.

Un voile a traversé le visage de Maman au moment où elle a attrapé une chaise pour s'asseoir à côté de sa nièce. Un petit seau d'eau avec un gant humide sur son rebord était posé entre elles. Maman a posé la main sur son front brûlant. Cousine Penda a brièvement ouvert ses yeux, pour les refermer aussitôt.

Maman lui parlait à voix basse. Elle lui a demandé comment s'était passée sa nuit. Cousine Penda a répondu par un soupir fluet.

Maman a trempé le gant dans le seau, l'a essoré puis elle a délicatement essuyé le visage de cousine Penda. Ses paupières s'ouvraient dans un effort pénible, ses yeux roulaient dans leurs orbites, ses lèvres sèches s'animaient et laissaient échapper une plainte. Maman a sorti une petite bouteille d'eau et lui en a fait boire une gorgée. Les paroles de ma cousine sont devenues un peu plus perceptibles. Elle réclamait Omar. Elle n'arrêtait pas de le réclamer. Maman tentait de la rassurer.

J'avais attendu longtemps de la revoir, mais maintenant que je me tenais devant elle, j'étais comme pétrifié. Par la peur? Le chagrin? J'étais habité par un tourbillon de sentiments très variés. Maman s'en est rendu compte, elle m'a invité à parler à ma cousine. Je ne savais pas trop quoi lui dire, les mots me fuyaient. Je lui ai demandé comment elle allait. Je lui ai dit de tenir bon, qu'elle serait bientôt rétablie. Que nous rentrerions bientôt tous à la maison. Mais elle ne m'écoutait pas. Elle appelait mon cadet dans une longue plainte. Elle n'était plus là. Elle délirait.

De minuscules gouttes de sueur brillaient sur son front. Maman a encore humidifié le gant pour mouiller son visage. Cousine Penda s'est assoupie. Nous avons gardé son chevet durant une petite heure. Elle dormait paisiblement à présent. Je regardais les muscles de son visage tressauter pendant qu'elle rêvait.

Sur le chemin du retour, j'étais derrière mes parents. Ils marchaient d'un pas lent, murés dans un silence plus perceptible que le vacarme qui régnait sur le marché. Maman semblait désespérée. L'excitation qui était mienne à l'aller avait laissé place à l'angoisse que ma cousine soit emportée par le palu. Pour la première fois, mon espoir vacillait. Je prenais conscience que cousine Penda était mortelle.

À un moment, j'ai perçu un son suraigu, lancinant, extrêmement désagréable. Ce bruit ébréchait la foule compacte devant nous et faisait l'effet d'une aiguille se tortillant dans la tête. Les passants s'écartaient, mes parents se sont mis sur le côté à leur tour et Maman m'a légèrement tiré en arrière. Le bruit s'est intensifié et à cet instant-là, je l'ai vu. J'ai vu cet homme en guenilles, au visage dégoulinant de sueur qui poussait une brouette, dont la roue mal huilée provoquait ce son strident. En découvrant le contenu de la brouette, mon cœur s'est serré. Au fond reposait un petit cercueil. Un modeste cercueil en bois, destiné à accueillir un enfant en bas âge.

Cousine Penda nous a quittés le lendemain.

J'ignore comment j'ai réagi à cette annonce. Ai-je pleuré ? Me suis-je tu ? Ai-je été sous le choc ? Ces souvenirs sont totalement embrumés dans mon esprit. Je n'en garde qu'un seul : l'héroïsme dont a fait preuve Maman.

Cousine Penda, comme une bonne partie de la famille maternelle, était musulmane. Aux yeux de Maman, il était inconcevable d'enterrer ma cousine dans ce village, loin des siens, de surcroît dans un cimetière qui ne comptait même pas de carré musulman. Surmontant la douleur d'avoir perdu deux enfants en l'espace de quelques mois, elle qui considérait cousine Penda comme sa propre fille décida de traverser la capitale malgré les combats pour aller enterrer sa nièce au cimetière musulman du centre-ville. Des soldats, touchés par le sort de cousine Penda, et admiratifs du courage de Maman, consentirent à l'escorter jusqu'à la capitale, malgré le danger. Le corps de cousine Penda reposait à l'arrière du pick-up, veillé par Maman et des militaires. Elle a été enterrée selon le rite musulman, sous la supervision d'un imam qui n'avait pas fui Poto-Poto.

La guerre a pris fin quelques semaines plus tard, avec le renversement du président Pascal Lissouba, remplacé au pouvoir par Denis Sassou Nguesso.

Maman et Samir se sont envolés pour Dakar. Omar et moi sommes restés avec mon père. Nous avons habité provisoirement dans une maison entièrement blanche, très belle, mais à l'atmosphère étrange. La mort semblait rôder.

Elle nous avait privés de deux visages familiers auxquels nous étions attachés. D'abord notre voisine, Tantine Hortense, cette femme souriante et douce qui gardait toujours un calme olympien devant mes innombrables bêtises. Abandonnée de ses propres enfants, elle avait succombé au cadeau empoisonné que son défunt mari lui avait transmis quelques années auparavant. Ensuite Kobé, le fidèle domestique de Koko, qui nous avait tous vus naître et grandir. Un jour, en rentrant chez lui, il était tombé sur un groupe d'hommes armés qui se saoulaient et l'avaient obligé à boire sous la menace. Kobé avait vidé d'un trait la bouteille, sous les ricanements des combattants. Une fois chez lui, il avait relaté sa mésaventure à son épouse. Quelques heures après, un flot continu de sang ruisselait de ses narines. Kobé était tombé dans un coma éthylique et mort le lendemain.

*

Ces malheurs successifs qui nous ont frappés en 1997 m'ont renfermé sur moi-même. J'étais constamment hanté par ces proches qui m'avaient été arrachés, leurs fantômes m'accompagnaient nuit et jour. J'étais triste, je me sentais seul et incompris. Ma souffrance, couplée à l'éducation rugueuse que je recevais à la maison, me poussait sans cesse à martyriser mes camarades. Je n'avais l'impression d'exister qu'à travers ces excès, qui me faisaient oublier combien je me sentais parfois vulnérable.

J'aurais aimé parler de nos disparus avec mes parents, me confier, partager avec eux ces multiples questions qui se bousculaient en moi. Mais nous ne parlions pas. Nous taisions ces événements ainsi que les noms de nos morts. C'était ainsi au Congo.

6

Une fois par semaine, Omar et moi suivons les cours particuliers de maître Zongo, un quinquagénaire aux lèvres bien charnues. Son costume est toujours poussiéreux et sent la craie, dont il trimballe des bâtonnets en grande quantité dans ses poches. Ses cours m'ennuient à mourir, je fais déjà partie des premiers de la classe. Je préférerais m'amuser ou regarder un bon dessin animé. Mais mon père n'est jamais satisfait de mes notes. Dans le classement je suis souvent deuxième derrière Ketia.

Une demi-heure avant l'arrivée de maître Zongo, Ngouba dispose sous le grand avocatier du jardin un tableau noir sur son chevalet, trois chaises, une petite table d'appoint, et un seau d'eau à la surface duquel flottait une grosse éponge.

Vers quinze heures on frappe au portail. Ngouba s'empresse d'aller ouvrir. Il guide maître Zongo, vêtu de son costume kaki moucheté de blanc, vers l'avocatier. Le professeur nous salue d'une voix morne en nous secouant mollement la main, et sort de son épais cartable en cuir un cahier d'exercices niveau CM1-CM2.

Aujourd'hui, c'est mathématique. J'essaie de suivre le cours sans me laisser déconcentrer par le son de la télé qui s'échappe du salon. Maître Zongo résume la leçon au tableau, ouvre son cahier aux coins cornés et lèche son index en le feuilletant. Il énonce le problème à haute voix en déambulant par petits cercles autour de nos chaises. Omar et moi faisons semblant de le recopier dans notre cahier. Ensuite, maître Zongo s'assied. Son regard traîne dans le jardin. Bercé par le bruissement du feuillage de l'avocatier, il commence à somnoler. Ses paupières s'alourdissent et sa nuque s'agite de petits soubresauts lorsque sa tête s'incline en avant. Au bout de quelques minutes, il est complètement assoupi. Il ronfle comme un camion.

Mon frère et moi pouffons de rire. Je tente de m'éclipser pour aller regarder la télé. Tout à coup, maître Zongo se réveille dans un sursaut, en marmonnant, il nous dévisage de ses yeux rougis et nous demande ce qu'on attend.

— Mais Maître, vous ne nous avez pas encore donné d'exercices !

— Hein? Mais comment ça...

Son regard se hisse jusqu'au tableau. Il considère la leçon en papillotant des paupières, feuillette son cahier et nous énonce de nouveau nos exercices. Méfiant, il vérifie que nous recopiions fidèlement ce qu'il dicte. J'essaie de fuir son regard.

Maître Zongo est un bon professeur particulier. Il ne frappe presque jamais ses élèves, il se limite à un simple *ligogo*, un petit coup sur la nuque avec le dos de l'index, quand il nous surprend en train de faire les zouaves.

Voilà le sommeil qui lance un nouvel assaut sur maître Zongo. Il lutte, se frotte le visage, renifle, fait rouler ses yeux dans leurs orbites... il étire ses jambes, tape le sol du pied, mais finit par céder. En voyant mon frère l'imiter, babines retroussées, la tête dodelinante, je me mords la langue pour ne pas éclater de rire.

Tantine Gloria dit qu'il ne faut pas se moquer de lui, que c'était le plan de Dieu de le faire piquer un jour par une mouche tsé-tsé qui lui a transmis la maladie du sommeil.

Maladie qui ne l'empêche cependant pas d'être un professeur particulier très réputé parmi les bonnes familles brazzavilloises.

*

Un incident est survenu à l'école ce matin, pendant la récréation. Nous jouions à la guerre dans la cour.

Notre jeu impliquait les deux classes de CM2. Nous reprenions les codes du conflit de l'année dernière : d'un côté les miliciens Cobras, et de l'autre les Zoulous et les Ninjas. Un quatrième groupe jouait les Angolais.

À un moment, un élève de l'autre classe, Trésor, qui était un Ninja, a mis en joue Marc, qui était Zoulou. Marc a alors protesté en expliquant que Ninjas et Zoulous étaient alliés. Mais Trésor, qui débarquait tout juste de France et ne connaissait pas les tenants et les aboutissants de cette guerre, n'en a fait qu'à sa tête. Pour lui, chacun jouait pour soi, il considérait tous les autres protagonistes comme ses ennemis. Nous avons interrompu le jeu pour expliquer à Trésor ce qu'il en était réellement, dans la vraie guerre il y avait eu des alliances. Quelqu'un a lâché inopinément le terme *traîtres* pour qualifier les Zoulous. Un autre l'a alors attrapé par le col. Ils ont commencé à hausser le ton. Ce qui n'était qu'une querelle a failli virer à l'affrontement. Les surveillants sont intervenus et l'un d'entre eux a fait usage d'une longue chicotte pour ramener l'ordre. Les coups claquaient sur nos mollets et nos reins pendant que nous nous dispersions.

M. Elanga a convoqué les CM2 dans son bureau. Nous étions beaucoup trop nombreux pour la pièce ; il nous a finalement réunis dans le couloir. M. Elanga nous a tenu un grand discours, dans lequel il rappelait que nous étions d'abord et avant tout des enfants du Congo, que La Martelle était une mosaïque du pays qui se voulait harmonieuse et imperméable au poison du tribalisme. Que nous n'avions pas à reproduire les schémas établis par nos aînés et qu'un jour, deux choix s'offriraient à nous : apprendre de nos erreurs et pardonner à nos bourreaux d'hier, ou bien perpétuer ce cycle infernal de haine qui déchirait notre beau pays. Certains, le visage grave, restaient insensibles à son discours. Alors, M. Elenga nous a posé cette question toute simple :

— Qui parmi vous a perdu un proche pendant la guerre ?

Au début, nous nous sommes regardés avec confusion. Personne n'a osé se manifester. Alors, Marc a levé la main, suivi de Paulin. Puis de Seydou, qui est sénégalo-congolais comme moi. La main levée de Kimunu m'a poussé à lever la mienne. Puis Mulumba. Même le taiseux à lunettes Samayela a levé la sienne. Judas, dont on se demande si les parents n'étaient pas ivres au moment de choisir son prénom, en a fait de même. Bijou et son frère Précieux ont levé la leur d'un seul mouvement. Masa, qui avait récolté une balle perdue dans le bras, et qui aimait porter des débardeurs pour exhiber son affreuse chéloïde et prouver son statut de miraculé, a levé la main à son tour. Faustin l'a imité.

J'ai été surpris que Faustin se manifeste aussi tardivement : toute sa famille a été décimée par un obus.

Faustin était aux toilettes au moment où le projectile s'est abattu sur le salon, sa famille regardait un sketch de Jean-Miché Kankan. Après le drame, Faustin a été adopté par une tante maternelle. Parfois, il a l'air absent. Il parle tout seul. Il paraît que sa tante organise une fois par semaine des veillées de prière pour le délivrer des démons de la guerre.

Nsimba a levé la main aussi. Nsimba, dont le prénom n'a plus de sens : habituellement au Congo, les jumeaux sont toujours nommés Nsimba et Nzuzi. Mais Nzuzi, est mort bêtement pendant la guerre. Il s'est blessé au pied avec un tesson de bouteille pendant une partie de foot. À cause de la pénurie de médicaments, la plaie s'est infectée et il a perdu la vie. Son jumeau survivant prétend qu'il va reprendre le flambeau en sa mémoire, devenir un excellent footballeur pour rejoindre un jour l'équipe nationale, les Diables Rouges. Mais Nsimba n'a pas le cinquième du talent de son frère disparu.

Ntinu, lui aussi, a levé la main. Et Jean, tout de suite après. Puis Nambi, Bami, Christ, Makiese et Merveilleux ont levé la leur aussi. Une dernière main s'est levée, toute tremblante, au premier rang. Il s'agissait de celle de Trésor, le Franco-Congolais. Nous n'aurions jamais imaginé qu'un conflit au Congo puisse bouleverser la vie d'un gamin à l'autre bout du monde, à Paris.

— Mes chers enfants, quelle que soit votre ethnie, votre rang social, que vos parents soient partisans d'un parti politique ou d'un autre, n'oubliez jamais une chose : vous êtes tous des fils du Congo, a conclu M. Elanga.

*

Kimunu m'a invité à déjeuner aujourd'hui. Il habite dans le même quartier que moi, dans une petite parcelle. Avant d'aller chez lui, j'ai fait un crochet chez Touré pour acheter des bonbons rouges. Touré est l'épicier sénégalais du coin. Lorsque Maman achète des produits chez lui, ils se parlent en wolof.

Le commerce de Touré est une espèce de vieux kiosque en bois, à la peinture bleu délavé par le soleil, avec une ouverture frontale. Un petit poste radio diffuse en boucle *Moyibi* de Pepe Kalle et trois ou quatre jeunes hommes sont toujours agglutinés devant le kiosque, à siffler des bouteilles de bière Ngok. Touré se dissimule derrière une rangée de bocaux remplis de friandises, de caramels, de copeaux de coco grillée, destinés à attirer les gamins du quartier. Son échoppe déborde de toutes sortes d'articles, des savons Monganga, des insecticides Super Timor, des éventails, des boîtes de lessive en poudre Pax (qu'il vend aussi en sachets individuels pour les petits budgets), des frottoirs, des gants en loofah, des biscuits, de l'eau en bouteille...

Je l'ai salué. Touré, qui n'est pas très loquace, s'est contenté de répondre d'un signe de la tête.

— Tu veux quoi ?

— Quatre bonbons rouges, ai-je répondu.

Touré a soulevé le couvercle d'un épais flacon en verre pour les attraper. Son tabouret a couiné quand il a pivoté et tendu le bras pour saisir un des petits sachets à bretelles suspendus à un clou, sans succès. Il a voulu se lever, mais il m'a dévisagé et s'est ravisé. Touré a appliqué sa main sur le couvercle, en m'adressant un léger sourire, comme un chasseur qui anticiperait la ruse d'une proie, puis il a étiré ses doigts maigrelets et très noirs qui sont parvenus à accrocher un sachet, dans lequel il a glissé les quatre bonbons. Touré a récolté les 100 francs et m'a tendu le sachet. Il a haussé les sourcils quand je l'ai remercié.

Quelques minutes plus tard, je me tenais devant ce qui semblait être la maison de Kimunu. Il s'agissait d'une parcelle clôturée de tôle, coincée entre deux villas. L'ombre d'un instant, j'ai été tenté de rebrousser chemin, en repensant aux parents qui me déconseillaient de jouer avec certains enfants du quartier. Au même moment, j'ai vu deux yeux s'encadrer dans une petite fente rectangulaire qui faisait office de judas de fortune. Kimunu a prononcé mon prénom avec ravissement et m'a ouvert. Il avait l'air un peu nerveux. Il a refermé le portail en hissant la poutre en bois qui y était clouée et en l'accompagnant jusqu'au loquet.

— Bienvenue chez moi Hassan, a-t-il dit en accompagnant ses mots d'un grand geste de la main.

À l'exception de la présence d'un safoutier dans la force de l'âge, la cour était dégagée. On y trouvait trois modestes habitations, deux étaient faites de planches, la troisième de plaques de tôle. Des femmes étaient réunies autour du feu, leurs yeux nous ont suivis pendant que Kimunu et moi traversions la cour. Mon camarade m'a guidé jusqu'à sa maison en tôle, dont le seul charme était de posséder un potager resplendissant. Un minuscule lopin de paradis qui s'épanouissait au milieu de la misère.

Le pagne qui faisait office de rideau à l'entrée s'est soulevé et a laissé apparaître une femme longiligne, très svelte, qui m'a souri. Elle partageait des ressemblances avec Kimunu, ces grands yeux et ces fossettes qui creusaient ses joues.

Kimunu nous a présentés. Sa maman était une femme gentille, d'une timidité qui me surprenait un peu. Elle regardait ses pieds en me parlant. Je me suis dit qu'elle ne devait pas être habituée à recevoir des gens d'une autre classe sociale que la sienne.

Kimunu et moi nous sommes installés sur une petite natte, à l'ombre du safoutier ; sa maman nous a servi un savoureux plat de *makayabu na solo*, de la morue aux aubergines et aux tomates accompagnées de *foufou* bien chaud. En retrait, elle nous regardait rêveusement nous délecter, le menton enfoncé dans sa main. Elle était assise sur un petit tabouret en osier. Dès que le niveau de mon assiette a baissé, elle a insisté pour me resservir.

Elle en a profité pour remplir nos verres de Dr Pepper, avant de nous apporter un petit pot de yaourt à la vanille.

Après le repas, nous sommes allés faire une partie de billes dans la cour en savourant nos bonbons rouges. À l'aide d'une pierre pointue, Kimunu a gravé un *Z* dans la terre sèche et dure. Il a soufflé dessus, la poussière a fait frémir ses narines. Nous nous sommes réparti le petit lot de billes œil-de-chat. Le but du jeu était de réussir à en immobiliser une sur la marque au sol. Deux jumeaux en bas âge à moitié nus et au visage barbouillé de morve nous épiaient, dissimulés derrière le safoutier.

Dans la maison voisine, un petit poste crachait *Attention Obus* de Mbuta Likasu. Une chanson très populaire sortie quelques mois plus tôt, et qui contenait des références aux armes et à la guerre, le tout chanté sur un ton très léger et entraînant. Déguisé, le chanteur réalisait des pas de danse extravagants et comiques. Pendant le morceau, le souvenir de cousine Penda a traversé furtivement mon esprit.

Nous avons joué jusqu'au crépuscule. Kimunu m'a proposé de me raccompagner à la maison. Sa maman a semblé hésiter à me faire la bise. Elle a fini par me tendre maladroitement sa main très rêche. Elle m'a dit que j'étais le bienvenu. Les voisines m'ont lancé un «Au revoir-hé» en roulant les r, et les jumeaux, nus, barbotant dans une grande bassine d'eau savonneuse, ont répété les salutations de leur mère.

Au moment où nous avons franchi le portail, le visage de Kimunu s'est décomposé. J'ai vu la panique dans son regard, comme s'il hésitait à revenir dans la parcelle. J'ai levé les yeux, et j'ai alors aperçu un jeune homme qui s'avançait vers nous en titubant, une bière à la main. Il marmonna quelques paroles inaudibles. Il était sale, en sandales, des brindilles enchevêtrées dans les cheveux comme s'il avait dormi dans une étable. Des capsules de bière aplaties ornaient sa chemise et lui donnaient un air grotesque.

Il a voulu s'adresser à nous mais sa phrase s'est embourbée dans un rot gras. Il a avalé une gorgée de bière et s'est écrié :

— Petit frère ! Nous avons des invités et tu ne me préviens pas ? *O za na soni* ? Tu as honte de ton *yaya*, ton aîné ?

Il a cheminé vers nous, vacillant, complètement saoul. Un filet de bave s'échappait de ses lèvres. Arrivé à notre hauteur, il s'est voûté et m'a demandé si je le connaissais. Me voyant hocher la tête, il a répliqué qu'il était le frère aîné de Kimunu.

— Mon petit frère a honte de me présenter à ses camarades des beaux quartiers. Pourtant il devrait être fier ! Je suis un héros ! J'ai pris les armes, moi, pour défendre les nôtres en 1993 et en 1997 ! Je n'étais qu'un gamin ! Je me suis sacrifié pour vous !

Il a désigné les capsules de bière accrochées à sa chemise crasseuse. Il a répété qu'il était un héros de guerre et il a maudit les ingrats qui les avaient mis, ses frères d'armes et lui, au ban de la société une fois la paix revenue.

— À la prochaine guerre, on les laissera piler vos bébés dans les mortiers, a-t-il sifflé en écarquillant ses yeux rouges. Vous allez voir.

Kimunu m'a attrapé par la main et entraîné loin de son frère, qui nous agonissait maintenant d'injures, de menaces. L'indifférence des voisins et des vendeuses ambulantes postées devant leur parcelle m'a fait comprendre que les excès du frère étaient monnaie courante.

Kimunu, bouleversé, marchait d'un pas prompt, rageur, sans s'apercevoir que ses doigts tenaillaient fermement mon poignet. J'ai fini par me dégager et j'ai lu une expression de surprise sur son visage.

— Je te demande pardon Hassan, a-t-il murmuré. Mon frère a... il est... il a pris les armes très tôt. Avant il était gentil, la guerre l'a changé. Il boit, il se drogue... Il menace de se tuer. Le pasteur ne sait plus quoi faire.

Kimunu a poursuivi en me racontant que, certaines nuits, son frère se réveillait en hurlant, pourchassé par les esprits de la guerre. Je lui ai demandé si son frère avait tué des gens. Il a gardé le silence. J'ai dit à Kimunu qu'il faudrait peut-être conduire son frère chez le docteur plutôt que le pasteur.

Les lèvres de mon ami se sont animées et il a susurré « Peut-être ».

*

Je me suis encore battu aujourd'hui.

Tout est parti de ce débat qui animait les CM2, à savoir qui était le plus fort de l'école. Safi, Kimunu et Marc prétendaient que c'était moi. Mais Bami, qui était dans l'autre classe de CM2, affirmait que le plus fort à la bagarre était un certain Petit Makaya qui avait quitté La Martelle en CM1 pour aller travailler dans les champs avec sa grand-mère.

— Tu es le plus fort par intérim Hassan, étant donné que Petit Makaya n'a pas pu remettre son titre en jeu, affirmait prudemment Bami pendant la récré.

Un vent de protestation s'était élevé dans mon camp. Certains prétendaient que Bami défendait Petit Makaya parce qu'il était parent avec lui.

— Petit Makaya a toujours été invaincu à la bagarre, si je mens Dieu me punit. Un jour, alors même qu'il souffrait du palu, il a terrassé un 6e. Ce dernier l'a accusé d'avoir eu recours à ses kamons, ces discrètes scarifications rituelles au poignet censées apporter une force surhumaine.

L'anecdote de Bami avait enhardi les partisans de Petit Makaya, qui s'étaient mis à pousser des cris, les mains en porte-voix. Mon sang n'a fait qu'un tour.

— Après l'école, nous irons chez ton Petit Makaya, et je lui casserai la figure!

Un murmure de stupeur a parcouru le groupe. Malgré le retentissement de la sonnerie, nous sommes restés dans la cour à débattre. On faisait passer le mot parmi les élèves. Le surveillant s'avançait vers nous, suspicieux. Nous nous sommes dispersés à regret pour nous mettre en rang.

Je guettais l'horloge tout au long du cours. Je pouvais sentir le regard réprobateur de Ketia, assise à côté de moi. Elle avait rédigé un petit mot au crayon de papier sur son cahier et l'avait glissé vers moi. Elle me dissuadait de me battre. Son mot avait eu l'effet inverse sur moi, car j'avais réalisé qu'elle tenait peut-être à moi. Je voulais lui prouver que j'étais fort et sans peur.

Lorsque la sonnerie a retenti à midi, elle s'est penchée vers moi pour me dire que j'allais m'attirer de gros ennuis. J'ai glissé mon cahier et ma trousse dans mon cartable et j'ai filé rejoindre mes camarades. Marc, Safi et Kimunu m'attendaient dans le couloir.

— Hassan, je voulais te dire que, quelle que soit l'issue du combat, tu resteras mon ami et je n'aurai pas honte de traîner avec toi, m'a glissé Kimunu. Si les choses tournent mal, faut pas te fâcher et m'interdire de venir m'amuser avec tes jouets.

Dans nos beaux uniformes, nous avons pris la direction des bidonvilles situés dans les hauteurs du quartier. Peu à peu, les maisons en dur ont laissé place à des bicoques de tôle, dressées au milieu des champs de manioc.

Les garçons du groupe étaient surexcités. Ils faisaient des pronostics, ceux qui me voyaient remporter le combat le clamaient haut et fort, tandis que les autres marmonnaient, comme s'ils craignaient que j'échauffe mes poings sur eux.

Ils ont commencé à chanter des chants guerriers traditionnels qui nous accompagnent les jours de bagarre. Marc a fini par leur demander d'arrêter, de crainte de rameuter d'autres gamins du quartier.

Nous sommes arrivés sur un chemin sablonneux d'où émergeaient des touffes d'herbes. Une rangée de maisons en tôle faisait face à un champ de maïs. Bami a pris la tête du cortège pour nous indiquer la maison de Petit Makaya. Il a semblé hésiter entre deux, et a lâché un « Ah ! » devant celle où une vieille femme labourait son potager. Il s'est avancé vers elle d'un pas décidé.

— Mboté Nkaka !

— Ah, Bami ! Mboté, qu'est-ce qui t'amène ?

— Nkaka, est-ce que Petit Ma... euh...

Bami a semblé fouiller dans sa tête pour trouver le véritable prénom de Petit Makaya, dont il ne se souvenait plus, comme la plupart des gens. Mais la grand-mère l'a compris. Elle nous dévisageait, la bouche entrouverte, le front perlant de sueur. Elle nous a demandé si nous étions d'anciens camarades de classe, ce à quoi nous avons répondu par l'affirmative. Rassurée, elle est partie l'appeler.

J'ai perçu un frémissement dans le champ de maïs. Un gamin enhaillonné, très court mais tout en muscles est apparu. Il tenait une houe. Petit Makaya, ses yeux alertes nous scrutaient tandis qu'il se rapprochait. Bami lui a passé le bras autour de l'épaule et l'a éloigné de nous en lui parlant à voix basse. Petit Makaya secouait la tête en l'écoutant. Il me lançait des coups d'œil discrets. Curieusement, je ne percevais aucune colère dans son regard qui semblait plutôt vide.

— Je ne veux pas me battre. Depuis la guerre, je n'aime plus la bagarre.

Bami a écarquillé les yeux et nous a fait signe d'attendre. Il a continué de parlementer avec lui. Petit Makaya a fini par acquiescer en soupirant.

— Bon viens, allons derrière les champs ! m'a-t-il ordonné.

Loin de me démonter, je lui ai emboîté le pas. Nous nous sommes retrouvés dans une allée, entre deux rangées de maïs, à l'abri du regard de sa grand-mère. Petit Makaya a jeté sa houe et s'est mis en garde, les poings au niveau du menton. Je me suis débarrassé de mon sac et, sans prononcer le moindre mot, je me suis jeté sur lui. J'ai senti deux coups dans mes reins, je l'ai saisi au niveau des jambes et je l'ai fait lourdement chuter. À présent, nous luttions au sol. Le sable volait autour de nous pendant notre empoignade vigoureuse. J'essayais de me libérer de ses bras, sans succès. J'avais l'impression que nous étions deux petits serpents engagés dans une lutte féroce, prisonniers de leur terrible étreinte. Je pouvais sentir l'odeur de sa sueur.

Les garçons du groupe, frustrés par la tournure de la bagarre, s'étaient mis à nous haranguer.

— Allez ! Frappe-le !

— Casse-lui la figure !

— Fais-lui mordre la poussière !

J'étais sur le point de me délivrer de ses bras quand j'ai entendu la voix chevrotante d'une femme.

— Célestin ! Célestin, mais qu'est-ce qui se passe ?

Petit Makaya m'a alors relâché et s'est redressé. Il m'a tendu la main et m'a remis debout d'un geste très ferme.

— Rien Nkaka ! C'est un vieux copain. On s'amuse.

Petit Makaya a tapoté amicalement mon épaule. Je l'ai regardé, hagard. Il avait le visage barbouillé de poussière. J'ai acquiescé.

— Oui, on s'amuse Nkaka. Ne vous inquiétez pas.

La vieille dame nous a considérés avec méfiance. Elle nous a prévenus de ne pas chercher d'histoires à son petit-fils et elle est repartie vaquer à ses occupations. Au moment où elle s'est éloignée, j'ai serré le poing et lancé un regard noir à mon rival. J'étais fermement déterminé à prendre ma revanche.

— C'est bon, on arrête là. Personne n'a gagné, a décrété Petit Makaya.

Des protestations discrètes se sont élevées. Bami a rappelé à Petit Makaya qu'on avait marché longtemps sous le soleil avec le ventre vide pour arriver jusqu'ici. Mais, à ma grande surprise, Petit Makaya m'a tendu la main et m'a assuré d'un geste du menton que je n'avais rien à craindre. J'ai finalement accepté avec un demi-sourire.

— Je suis Célestin, mais tout le monde me surnomme Petit Makaya.

— Je m'appelle Hassan, ai-je dit, avant d'ajouter, pour le titiller : Alors comme ça tu n'es plus bagarreur ?

Petit Makaya a hoché la tête.

— Depuis la guerre, je n'aime plus me battre, a-t-il répété. Tu es fort, je suis fort, ça ne sert à rien de se bagarrer, Hassan.

J'ai haussé les épaules. Les garçons du groupe, restés sur leur faim, ruminaient leur frustration. Ils ont salué Petit Makaya et nous avons rebroussé chemin. Je me suis retourné vers lui. Il nous regardait nous éloigner. J'ai perçu un mélange de tristesse et d'envie dans ce regard qu'il nous adressait, nous qui étions sans doute le reflet de cette vie d'insouciance qui dorénavant appartenait au passé pour lui. Il a ramassé sa houe et a disparu entre deux allées de maïs.

Pendant que nous rentrions, Bami et Safi débattaient de qui aurait gagné la bagarre si la grand-mère de Makaya n'était pas intervenue. Ils ont commencé à se chamailler, des noms d'oiseaux ont fusé. Marc les a séparés en leur distribuant des claques dans la nuque. Kimunu me félicitait d'avoir sauvé mon honneur et prétendait que je serais même le plus fort de mon collège militaire l'année prochaine. Mais je n'avais déjà plus la tête à la bagarre.

Avant de tourner au bout de la rue, j'ai regardé en direction des champs de maïs qui avaient englouti les rêves du malheureux Petit Makaya. Et je me suis senti envahi par un profond sentiment de honte. La honte d'avoir cédé aux sirènes belliqueuses de mes camarades, la honte d'avoir dérangé ce pauvre gamin, dont la vie avait été brisée à jamais par la guerre.

*

Cette nuit j'ai rêvé de ma cousine et de ma petite sœur.

Dans ce rêve, je me trouvais dans ma chambre lorsqu'une chanson qui s'échappait du salon m'a attiré. Une chanson de Koffi Olomide et Papa Wemba, *Wake Up*. Je m'y suis précipité. Mon cœur tambourinait au fur et à mesure que j'approchais du salon, duquel s'élevaient maintenant des éclats de rire. En écartant le rideau de perles qui séparait le salon du couloir, j'ai aperçu ma cousine. Elle dansait. Elle était rayonnante et riait en montrant ses grandes dents blanches. À ses côtés se tenait un enfant aux cheveux très fournis. Je suis resté sans voix en le voyant, j'ai pensé qu'il s'agissait de moi, plus jeune. En prêtant attention aux boucles qui perlaient à ses oreilles et à ses vêtements, j'ai compris qu'il s'agissait de ma petite sœur.

Elle m'a salué d'un geste timide de la main, en esquissant un léger sourire. Je n'ai pas osé m'approcher d'elles. Je les regardais en silence, ému et soulagé. À la fin de la chanson, ma cousine a pressé sur un bouton de la chaîne HI-FI, le compartiment à cassettes s'est ouvert. Elle a pris ma petite sœur dans ses bras et sans prononcer le moindre mot, elles ont franchi la porte qui donne sur la terrasse. J'ai vu leurs silhouettes glisser derrière le voilage, et le bruit des pas s'est évanoui.

Je suis resté figé dans le salon, stupéfait, je sentais mes larmes trembler aux bords de mes yeux. J'aurais voulu courir après elles, les interpeller, mais mes jambes étaient aussi lourdes que du plomb et ma gorge terriblement sèche.

À cet instant, j'ai entendu quelqu'un m'appeler. Une main m'a agrippé l'épaule et je me suis subitement réveillé. Omar, planté devant moi, me fixait avec des yeux ronds.

— Ya Hassan ! Mais qu'est-ce qui t'arrive ?

J'ai cligné mes yeux embués et je lui ai demandé pourquoi il m'avait réveillé.

— Tu appelais Cousine Penda.

*

J'ai fini aux urgences du CHU de Brazzaville aujourd'hui. J'en suis sorti avec des points de suture sur l'arcade sourcilière, et une vilaine cicatrice que je porterai probablement toute ma vie.

Pourtant la journée avait bien commencé. C'était le milieu de l'après-midi, je jardinais. J'avais fini d'arroser les jeunes plants de piment et de gingembre de mon petit potager, dans la cabane à outils. Puis, j'étais allé dans le potager de Maman, pour surveiller la croissance de mon arachide. Je l'avais semée à cet endroit pour qu'elle ne se sente pas à l'étroit dans la grande boîte que Kalenga, le gardien, m'avait fabriquée, et dans laquelle je faisais déjà pousser toutes sortes de plantes. Maman m'avait attribué une minuscule parcelle de son potager à condition que j'évite de piétiner ses légumes.

Je me suis accroupi devant mon arachide et ses feuilles ovales. J'ai gratté délicatement la terre au niveau du pied, pour voir si elle avait commencé à produire des gousses. Un sentiment de satisfaction m'a envahi lorsque je les ai aperçues, minuscules, avec leurs coques brunes et bosselées. J'avais déjà hâte de les récolter.

Je remettais en place la terre en la tassant du plat de la main quand j'ai perçu une clameur dans la rue. Le brouhaha semblait se rapprocher, mêlant éclats de rire et discussions passionnées d'enfants. Quelqu'un a frappé au portail. En l'ouvrant, j'ai aperçu un groupe d'enfants modestement vêtus au milieu duquel il y avait un visage familier : Kimunu. Je l'ai regardé avec consternation, je pensais qu'il ramenait tous ces gamins pour jouer à la maison.

— Hassan ! Qu'est-ce que tu fais ?

J'ai voulu répondre que je jardinais. J'ai menti en prétendant que je regardais des dessins animés.

— Viens avec nous, on va jouer à la décharge !

J'ai hésité. D'un côté je savais que l'expédition pouvait être palpitante, mais de l'autre je redoutais que mes parents l'apprennent. La décharge était un endroit sale et dangereux qui nous était interdit.

Les camarades de Kimunu se dressaient sur la pointe des pieds pour jeter un coup d'œil dans notre parcelle. J'ai légèrement refermé le portail en les dévisageant. Un des gamins a dit quelque chose en lari, langue que je ne parlais pas mais que je comprenais. « Bon, il fait quoi ton ami ? »

— Alors Hassan ! Tu viens oui ou non ?

— J'arrive.

Pendant que nous cheminions, les autres garçons reluquaient d'un œil curieux et envieux mes beaux vêtements. Ils semblaient se demander comment Kimunu était parvenu à se lier d'amitié avec moi. La règle voulait que des enfants d'horizons aussi différents que nous ne se fréquentent pas. Pour ceux qui appartenaient à de bonnes familles, cet interdit était un moyen de se prémunir du vol, de la jalousie ou des tentatives d'extorsion.

Nous avons traversé le quartier en gazouillant. Les passants nous dévisageaient en silence. Je détonnais au milieu de ce groupe d'enfants des quartiers populaires. Nous nous sommes enfoncés dans un petit taudis, aux frêles maisons constituées de tôles et de planches nues. Nous progressions dans les allées étroites et boueuses qui serpentaient dans les habitations, et à travers lesquelles nous surprenions l'intimité de leurs occupants. Certains garçons du groupe saluaient les habitants, ce qui me laissa penser qu'ils vivaient là.

L'air devenait de plus en plus aigre, désagréable. L'odeur fétide des ordures se mêlait à celle du plastique brûlé. Ma gorge me piquait, mes yeux pleuraient. Ceux que nous croisions poussaient des brouettes remplies de trésors découverts dans la décharge, qui finiraient sur les étals des marchés ambulants, jouets, couverts, casseroles, vieil aspirateur, téléviseur, Walkman...

Devant nous s'étalaient des collines de déchets, desquelles émergeaient des silhouettes frêles. Elles se courbaient parfois pour fouiller l'amas de détritus, pêcher un objet, le fourrer dans un sac ou le balancer dans une brouette. Kimunu et ses amis se sont aventurés au milieu des ordures en titubant. Je les observais en silence, en retrait. J'ai fini par leur emboîter le pas. Malgré mes chaussures fermées, je redoutais de me blesser avec une conserve rouillée et d'attraper le tétanos, maladie contre laquelle on nous sensibilisait tous les ans à l'école.

J'ai vu Kimunu se baisser et ramasser une passoire fendue en plastique, qu'il a posée sur sa tête comme un casque. Un aboiement a retenti. Nous avons vu un chien bâtard bien raide, ses oreilles croûteuses dressées, sa queue fouettant l'air. Il a tendu le museau vers un trou, et un rat en a jailli. Le chien s'est lancé à sa poursuite en aboyant. Ils ont disparu derrière un monticule d'ordures.

Au moment où j'arrivais à la hauteur de Kimunu, mon pied a glissé sur une bouteille de bière. J'ai perdu l'équilibre et je me suis senti basculer en arrière. Une main m'a alors rattrapé. Kimunu m'a hissé jusqu'à lui en me donnant une claque affectueuse sur l'épaule. Il m'a dressé un clin d'œil, qui avait l'air de signifier que je lui devais un bon repas pour ce service rendu.

J'ai fini par m'habituer à l'odeur et à cet endroit insalubre. On s'amusait. On tapait dans des boîtes de conserve vides, on remuait les ordures, on cassait des bouteilles à peu près intactes et on balançait toutes sortes de choses qui nous passaient sous la main. Quelqu'un a trouvé un rat mort, desséché et tout plat, il le faisait voler comme un Frisbee. Au loin, un homme armé d'un manche à balai rouillé a menacé de nous corriger. Nous avons pris la fuite en riant.

Nous avons commencé une bataille rangée. On se lançait tout ce qui nous passait par la main. Certains esquivaient les projectiles, d'autres se protégeaient avec un vieux couvercle ou une marmite rouillée. J'ai dégoté une pile rectangulaire et je l'ai lancée dans le dos d'un garçon du groupe. Je ricanais en le voyant se tortiller comme un lézard. Je ricanais tellement que je n'ai pas remarqué cet autre, sur le côté, ramasser une bouteille et la catapulter dans ma direction. J'ai seulement entendu « Hassan, attention ! ». Puis, la bouteille a explosé contre ma tête.

Je ne me souviens plus de ce qui s'est passé après. Je me revois, complètement sonné, le visage en sang, porté par Kimunu et ses camarades. Comme j'étais trop lourd, ils me tenaient chacun par un membre. D'un œil, je voyais le ciel bleu, et leurs visages en sueur. De temps en temps, ils me lançaient un regard plein d'effroi et criaient en lari. Ils s'accusaient mutuellement, ils disaient que mes parents allaient les faire jeter en prison. Arrivés devant la maison, ils ont tambouriné contre le portail. En l'ouvrant et en me découvrant ainsi, transporté comme un gibier de brousse, la chair de la paupière à vif et le visage en sang, ma nourrice a plaqué ses mains contre sa bouche. Les gamins ont détalé. Seul Kimunu est resté. Maman a rappliqué au portail et a poussé un cri perçant.

J'ai été conduit au CHU dans l'heure. En auscultant ma plaie, le docteur m'a fait remarquer que j'avais frôlé le pire.

— Mon petit, à quelques centimètres près, tu aurais fini borgne.

J'ai serré les dents au moment où il a pressé contre ma blessure un coton imbibé d'alcool. La douleur irradiait mon front. Il m'a anesthésié puis, à l'aide d'une aiguille courbe, il a recousu mon arcade. Après l'opération, je me suis regardé dans le miroir et j'ai découvert mon œil rougi et ma paupière aussi grosse qu'une cerise prête à éclater. Je dévisageais avec une vive inquiétude les petits bouts de fils noirs qui émergeaient de ma plaie, me demandant si j'étais condamné à les avoir toute ma vie. Le docteur m'a rassuré en me disant qu'on me les retirerait d'ici à quelques semaines.

Maman m'a sermonné tout au long du trajet retour. Elle m'a formellement interdit de traîner à l'avenir avec des gamins des taudis. Elle m'a dit que j'étais un enfant têtu et turbulent, que je me surpassais chaque jour en bêtises. Lorsque nous sommes arrivés à la maison, ma nourrice a éclaté en sanglots. Elle a réprimé ce réflexe maternel qui aurait voulu qu'elle me serre dans ses bras. Elle s'est contentée de passer maladroitement sa main sur ma tête.

Je suis allé patienter bien sagement au salon. J'étais assez préoccupé car, plus que tout, j'appréhendais la réaction de mon père quand il apprendrait que je m'étais aventuré à la décharge et que je m'étais fait cette affreuse blessure. Je me préparais déjà une rouste mémorable.

Mais à mon grand étonnement, à son arrivée, après avoir été mis au fait de mon accident, il est rentré calmement dans le salon. Il s'est contenté d'observer mon arcade sourcilière en hochant la tête.

Je crois que cet incident les a définitivement convaincus de m'envoyer l'année prochaine à l'école militaire.

7

Aujourd'hui, c'est la kermesse de fin d'année à La Martelle. Elle n'est réservée qu'aux élèves. La fête de l'école, elle, sera ouverte aux parents. Exceptionnellement, il n'y avait pas de vague A ou B, nous sommes tous venus le matin. Jamais je n'avais vu la cour aussi noire de monde. Au loin, on pouvait apercevoir le longiligne directeur Elenga régler les derniers préparatifs avec les surveillants, les reprendre sur des détails comme la disposition des ballons, la position des fanions. Quelques mamans du quartier sont venues tenir le stand de *mikatés*, de *gratanias* et de bouillie. D'autres gèrent les jeux d'extérieur, le chamboule-tout, le tir à la corde ou la pêche aux canards.

Après la cérémonie matinale, le directeur et nos enseignants nous ont distribué des polycopiés avec le plan des stands. En dessous de *Kermesse de Noël décembre 1998 – École de La Martelle*, il y avait un petit encadré destiné à accueillir les gommettes étoilées dont les arbitres des stands nous gratifieraient après chaque victoire. Des bracelets aux couleurs différentes ont été répartis par classe pour participer aux jeux. Les lots étaient bien en évidence dans le kiosque central, devant la classe de maternelles, au rez-de-chaussée : des livres, des cassettes de dessins animés, des raquettes de tennis de table, des ballons, des tubes à bulles, quelques poupées Barbie... Beaucoup d'élèves étaient agglutinés devant le kiosque. Les garçons n'avaient d'yeux que pour la voiture tout-terrain téléguidée.

Très vite, ça a été la cohue, M. Elenga est intervenu pour rétablir l'ordre et nous ordonner de rejoindre nos enseignants respectifs. Après nous être rempli le ventre de *mikatés* et de bouillie, mes camarades de classe et moi nous sommes dirigés vers le premier jeu. Pour chaque partie, on désignait deux participants de notre classe contre deux d'une autre. Nous avons commencé par la pêche aux canards. Safi était associé à Jessie, une fille joufflue assez réservée. Elle excellait, mais Safi était lent. Notre classe a perdu contre la classe de CM1 d'Omar. Frustré, Safi a balancé sa canne dans la bassine en projetant de l'eau partout, ce qui nous a valu un point de pénalité.

Nous avons enchaîné avec une course en sac. Les élèves étaient réticents parce qu'on utilisait des sacs de *foufou*, très salissants. Notre classe est arrivée deuxième derrière des CE2.

Nous nous sommes rattrapés pendant le tir à la corde, au cours duquel j'étais associé à Ketia. Je voulais lui prouver que j'étais le plus fort et que je pouvais nous faire gagner. En face de nous, deux élèves de l'autre classe de CM2. Au coup de sifflet de l'arbitre, nous avons tiré de toutes nos forces. Je sentais tous mes muscles se raidir, mes pieds s'enfonçaient dans la terre battue. Je voyais le trait se rapprocher, je serrais les dents. J'ai entendu mes camarades nous enhardir Ketia et moi. Lorsque j'ai perçu la voix mélodieuse de Ketia, qui m'encourageait derrière, j'ai senti mes forces décupler. J'ai légèrement lâché la corde, nos adversaires ont été pris au dépourvu. Profitant de leur surprise, j'ai tiré de toutes mes forces et ils ont franchi le trait. Toute ma classe a explosé de joie.

Ketia s'est frayé un chemin parmi mes camarades pour m'enlacer.

Nous sommes arrivés deuxièmes ou troisièmes dans tous les autres jeux, le chamboule-tout, le lancer d'anneaux, le lancer de balle... Safi accusait les élèves de l'autre classe de CM2, celle de Kimunu, d'avoir recours à des fétiches. Les lots ont été distribués sous les acclamations. Les grands gagnants, des CM1, ont remporté la voiture téléguidée ; elle resterait à l'école pour éviter les problèmes. Finalement, toutes les classes ont eu droit à un petit lot, y compris la nôtre qui était arrivée troisième. Nous avons remporté des tubes à bulles et trois exemplaires de *J'entre au collège*. Mes camarades étaient déçus. Mais cela m'importait peu. Ketia m'avait pris dans ses bras, et cela valait tout l'or du monde.

Peu après l'annonce des vainqueurs, il y a eu un petit spectacle, avec un père Noël, au milieu de la cour. Il s'adressait surtout aux maternelles, assis au premier rang. Les CM1 et CM2 ont reconnu une figure du quartier, Ya Joël. Il faisait partie de ces grands de Bacongo, fauchés, qui passaient leur temps à siffler les jolies filles et à taxer 100 francs aux gamins qu'ils croisaient pour aller s'acheter des bières. M. Elenga a sans doute confié ce rôle à Ya Joël pour lui permettre de gagner un peu d'argent et de se réinsérer professionnellement.

Ya Joël portait un déguisement de père Noël bon marché et il avait grossièrement fourré quelques vêtements sous sa veste pour se donner du ventre. Il transportait un sac de *foufou* bien rempli. Loin de susciter l'émerveillement, son apparition avait déclenché une salve de rires moqueurs chez les enfants. Même Ketia, assise à côté de moi, réputée pour son sérieux, gloussait. On entendait fuser des *Petit Papa Joël* pendant son numéro d'interaction avec les enfants. Un élève de maternelle lui a demandé ce qu'il dissimulait dans son sac. Il a prétendu qu'il s'agissait de jouets. Un gamin l'a traité de menteur, un autre a ajouté qu'il s'agissait de *chikwangues*. Ya Joël a poursuivi sa prestation tant bien que mal.

Le problème était qu'il avait dû apprendre par cœur le spectacle d'un pays nordique, qui, transposé au Congo, se révélait truffé d'incohérences. Il nous parlait de *survoler le 24 au soir Brazzaville enveloppée sous un épais manteau de neige*, de *venir nous rendre visite en passant par la cheminée...*

Quelqu'un a dit que si le père Noël osait s'inviter dans les maisons des Congolais au milieu de la nuit, il se ferait sans doute corriger par le gardien qui le confondrait avec un voleur. Tout le monde a ri.

Ya Joël a lancé un regard implorant à M. Elenga, dont le torse était agité de petites secousses pendant qu'il réprimait un fou rire. Marc a conclu en disant qu'avec l'argent que nos parents versaient à l'école, la direction aurait pu tout de même faire l'effort de recruter un comédien blanc au lieu de miser sur ce soulard notoire.

*

Un oncle maternel, Bacary, est rentré de France il y a une semaine. Maman lui a téléphoné. Il lui a dit qu'il passerait nous voir cet après-midi. J'attendais son arrivée avec beaucoup d'excitation, car ceux qui rentrent de France rapportent toujours toutes sortes de cadeaux qu'on ne trouve pas ici, des bonbons originaux, des chocolats, des aliments populaires là-bas comme des *spaghettis*. Quelquefois nous avons aussi droit à des vêtements, des baskets à la mode ou des jouets... Je trépignais d'impatience en attendant oncle Bacary. Il avait confié à Maman qu'il avait de nombreuses surprises pour nous. Je m'imaginais déjà avec des jouets, des vêtements, des friandises que je dégusterais devant mes camarades d'école envieux.

En arrivant à la maison, j'ai été attiré par une imposante voiture garée devant le grand portail. Elle semblait être neuve. Katoto, notre chauffeur, rôdait autour en claquant des doigts et en émettant de petits sifflements d'admiration.

— Vous avez vu ça Monsieur Hassan ? Les Waras sont riches, hein !

Katoto était planté devant la fenêtre côté passager, et regardait d'un œil rêveur son confrère assoupi derrière le volant, fenêtres closes, profitant de la délicieuse climatisation.

Un agréable parfum m'a accueilli dans le salon, où étaient réunis mon oncle et mes parents. Oncle Bacary était confortablement assis dans un fauteuil, dos à moi. Son crâne grisonnant émergeait du dossier. Mes yeux se sont attardés sur sa main qui pendait de l'accoudoir, ornée d'anneaux et de bagues étincelantes. Maman, qui tenait Samir dans ses bras, a levé les yeux et a signalé ma présence à Oncle Bacary, qui a allongé le cou pour poser sur moi son regard complice. Il m'a appelé de sa voix grave et s'est levé pour m'embrasser. Il a posé son pouce et son index au-dessus de mon arcade sourcilière et a légèrement tourné ma tête pour examiner ma blessure qui cicatrisait. On m'avait déjà retiré les points de suture. Il a hoché la tête avec un sourire un peu consterné et m'a demandé comment se passait l'école, si j'avais de bonnes notes, si je suivais bien les cours, si ma blessure m'avait coupé l'envie de me battre. Il acquiesçait d'un air très approbateur chaque fois que je répondais par l'affirmative.

— Tes parents m'ont dit que tu rejoindrais l'école des cadets l'année prochaine. Tu es prêt?

J'ai acquiescé sans détacher mes yeux des bagues qui s'accumulaient sur ses doigts. Elles étaient en or massif, certaines étaient serties de pierres précieuses. Oncle Bacary a voulu passer la main sur ma tête mais cette fois j'ai eu un réflexe d'évitement. Maman s'est raclé la gorge, signe que je n'avais rien à craindre de lui, qu'il n'allait pas me jeter un mauvais sort comme certains parents le font prétendument à travers ce geste. Le rire vibrant d'Oncle Bacary a inondé la pièce. Ensuite, il a annoncé qu'il nous avait apporté des cadeaux. Mon regard s'est alors illuminé.

— Tu aimes le foot Hassan?

— Oui!

— Ah, tu es comme les petits Français alors. Depuis que Zidane et les siens ont remporté la Coupe du monde, tous les gamins sont fous de foot. J'ai donc bien fait de vous acheter à ton frère et à toi un baby-foot.

Je suis resté bouche bée. Un baby-foot ! J'en rêvais depuis des mois. Comme beaucoup d'enfants du coin, je jouais avec celui du vieux Mokoua, qui était le seul à en posséder un dans le quartier. C'était un modèle de marque Bonzini équipé d'un monnayeur. La partie coûtait 25 francs. Le vieux Mokoua avait trouvé le bon filon en l'installant dans le jardin de sa parcelle, à l'ombre d'un manguier. Il passait ses journées à nous surveiller, avachi dans son fauteuil en osier, une bouteille de Ngok à ses pieds. Parfois, la digestion d'un plat copieux et sa bière avaient raison de sa vigilance, il tombait dans un profond sommeil. Nous désignions alors deux d'entre nous pour se positionner derrière chaque boulier et empêcher les balles de glisser dans la fente des cages. En général, cette tâche était assignée aux plus jeunes et aux plus maigres du groupe, dont les mains pouvaient parfaitement se contorsionner dans la fente. Skéléti, un gamin malingre du quartier, excellait particulièrement dans ce domaine. Nous pouvions alors multiplier les parties sans débourser le moindre sou. Notre stratagème avait pris fin quand Skéléti, mécontent de son rôle ingrat, s'était rebellé contre nous et nous avait dénoncés au vieux Mokoua, monnayant une partie gratuite. Le vieux Mokoua nous avait qualifiés de *bandits de grand chemin*, de *futurs pontes de la corruption congolaise*, et nous avait déclarés *persona non grata* dans sa parcelle. Depuis, le vieux Mokoua était secondé par un de ses fils, Ya Mpachi, un molosse impitoyable qui surveillait les parties, en faisant danser une branche de manguier au bout de ses doigts, prêt à caresser les côtes des tricheurs.

Après avoir partagé un pot avec les parents et Oncle Bacary, je suis allé déguster des chocolats et des friandises dans la cuisine, où ma nourrice était occupée à ranger les cadeaux alimentaires dans le placard.

— Qu'est-ce que tu as encore derrière la tête ? m'a-t-elle demandé en s'épongeant le front du revers de la main.

— Rien.

— *Lokuta* ! Menteur ! N'oublie pas que je te connais comme mon propre fils.

En réalité, j'imaginais déjà comment j'allais exploiter notre baby-foot. J'avais en tête l'idée d'organiser des parties payantes quand les parents seraient au travail. Pour concurrencer le vieux Mokoua, je lancerais la formule *1 partie achetée, 1 partie offerte*. Tous les gamins du quartier se bousculeraient chez nous et je me ferais un peu d'argent de poche avec la recette. Ma vie à l'école militaire serait sans doute un peu difficile, il fallait que je commence à me constituer des économies pour m'accorder de petits plaisirs pendant nos permissions. Et bien entendu, pour éviter que les petits malins trichent pendant mes parties de baby-foot, Kimunu les surveillerait et je le paierais avec une bonne assiette.

À mon grand regret, les parents décrétèrent le soir même qu'on n'ouvrirait le baby-foot que pour le réveillon de Noël, dans dix jours. Pour éviter de nous tenter, ils l'avaient dissimulé dans leur chambre, pièce dans laquelle nous ne pouvions pénétrer sans leur permission.

Nous avons exceptionnellement eu le droit de profiter de nos autres cadeaux : des maillots de foot, un ballon, des friandises. Surtout, il y avait un jouet Robocop ! Il devait faire une trentaine de centimètres de haut, avec un long pistolet qu'on pouvait ranger dans un petit compartiment au niveau de sa hanche.

Je n'ai pas pu résister à l'envie d'apporter mon Robocop à l'école le lendemain matin pour faire saliver mes camarades. La présentation de mon jouet, avant le rassemblement autour du mât, cristallisait toutes les attentions. Un attroupement s'était formé autour de moi pendant que je le maniais. Ketia, curieuse, a joué des coudes pour s'inviter au premier rang. Je l'ai regardée, fier, elle a roulé des yeux. Les surveillants nous épiaient, suspicieux, tentant de déceler discrètement l'objet de toutes les curiosités. Certains élèves me suppliaient de les laisser jouer avec. Seuls Marc, Safi et Kimunu ont eu le droit de le manipuler.

Le temps s'est écoulé lentement ce matin-là. Je n'arrêtais pas de songer à ces nombreux jouets qui nous attendaient à la maison. Mes yeux allaient et venaient entre la maîtresse et mon cartable, dans lequel se dissimulait mon jouet. J'étais tenté de le glisser sous le casier de mon pupitre. Ketia, qui m'avait à l'œil, m'a exhorté, sur le ton du reproche, de suivre le cours si je ne voulais pas récolter des coups. Je lui ai demandé en quoi cela la concernait si on me punissait. Elle a secoué la tête.

À midi nous avons pris le chemin de nos maisons. Comme d'habitude, j'étais escorté de Marc, Safi et Kimunu. Mais j'avais la tête ailleurs. Je n'arrêtais pas de lancer des coups d'œil à Ketia, qui était à quelques mètres derrière moi, entourée de ses copines. Nos regards se sont entrelacés puis elle a tourné à l'angle. Nous sommes convenus avec mes camarades de nous revoir plus tard dans la journée pour jouer dehors.

Kimunu est venu sonner au portail en milieu d'après-midi. Nous avons pris le chemin de la maison de Marc, puis de celle de Safi. Nous avons passé l'après-midi à errer dans le quartier, puis nous nous sommes invités dans une maison en chantier. Nous nous aventurions dans les différentes pièces envahies par l'herbe. Une dame dodue allait et venait dans la rue en nous épiant. Sa présence a fini par nous pousser à quitter les lieux.

Nos pas nous ont menés jusqu'aux rapides du fleuve Congo. Il grondait, ses vagues agitées se brisaient contre les rochers. Nous avons aperçu des pêcheurs dans leur pirogue qui luttaient contre les flots. Le courant malmenait leur embarcation comme un insignifiant brin de paille. En amont, au niveau d'une embouchure, un groupe d'hippopotames se prélassait, les oreilles frétillantes. Puis, un à un, ils se sont coulés dans l'eau. Nous avons observé, admiratifs et impressionnés, ces animaux à l'aspect si innocent, presque sympathique, qui se révélaient être de redoutables tueurs. Il n'était pas rare d'entendre d'effroyables histoires de pêcheurs dont les embarcations avaient été attaquées. Les rescapés décrivaient la rage destructrice des hippopotames, leur charge impressionnante, fendant les rapides avec une aisance déconcertante, pareils à de redoutables torpilles: «Mieux vaut mourir dans les bras de la sirène Mami Watta. C'est une mort belle et douce. Mami Wata ne nous défigure qu'une fois que nous avons rendu l'âme. Les hippopotames n'ont pas cette finesse-là. Ils sont très sadiques. Ils t'arrachent les bras et les jambes pendant que tu es vivant.»

Nous avons coupé à travers les champs de manioc pour regagner les hauteurs du quartier. Sur notre chemin, nous avons aperçu une drôle de bête: un caméléon. Cet animal étrange qui avait la faculté de changer de couleur pour échapper à ses prédateurs. Il était là, tout vert, fermement accroché à une branche. Nous avons été tentés de le capturer, mais Kimunu nous en a dissuadés en désignant le ruban rouge qui était noué autour d'une tige du manioc. Il s'agissait d'un fétiche. Nous avons renoncé à regret. Une vieillarde au visage osseux s'est redressée, une petite houe à la main. Elle nous a suivis du regard, la bouche entrouverte, pendant que nous rebroussions chemin en débattant à haute voix.

Le jour déclinait. Du soleil ne subsistait plus qu'une paupière de feu qui tremblotait à l'horizon. Nous pressions le pas, nous devions rentrer avant dix-huit heures. Les vendeuses ambulantes installaient leurs étals devant les propriétés. L'air se chargeait des saveurs des beignets frits, des brochettes de bœuf, de bouillie. Nous avons rassemblé le peu d'argent que nous avions et nous avons acheté une brochette à une vendeuse. Nous lui avons demandé de l'assaisonner avec du piment. La brochette frémissait sur le gril. Son jus sifflait sur les braises et soulevait une nuée très épicée qui nous faisait froncer les narines. Nous avons repris notre chemin, en faisant circuler la brochette parmi nous. Nous la dégustions en silence, savourant la viande caoutchouteuse et très juteuse. Nous nous sommes salués puis notre groupe s'est dispersé dans la rue principale.

La nuit, dans mon lit, je n'arrêtais pas de songer à ces derniers jours si riches que j'avais passés à l'école avec mes camarades. Pour la première fois depuis de très longs mois, j'ai réalisé que j'affectionnais enfin ma nouvelle vie, mon quartier, mes camarades, mon école. La méfiance qui m'empêchait d'embrasser cette nouvelle vie s'était comme évanouie. La colère qui m'habitait depuis de très longs mois s'était dissipée. L'idée que Noël approchait, et que nous allions passer des vacances en famille, m'emplissait le cœur de bonheur. Je me sentais envahi par un sentiment de paix infini. Je sentais des frissons de plaisir me parcourir en imaginant déjà nos prochaines escapades.

Le bonheur qui m'habitait était pareil à un soleil, dont les rayons dardaient les brumes ténébreuses du passé, les guerres que nous avions connues, les morts, le désespoir. La vie était redevenue belle. J'avais hâte d'être à demain, de la croquer à nouveau à pleines dents comme je l'avais fait aujourd'hui. J'avais hâte de revivre ces émotions, de les graver dans mon cœur, de retrouver mon école, mes camarades, Ketia, et de compter impatiemment les jours avant Noël.

Bercé par ces douces pensées, j'ai glissé lentement dans le monde des rêves. Sans me douter qu'il s'agissait de ma dernière nuit dans ma maison, dans mon lit. Sans me douter que le lendemain, les démons de la guerre se réveilleraient subitement et que le cours de cette existence, que je recommençais tout juste à chérir, serait bouleversé à jamais.

8

Ce matin, vers sept heures, Maman a surgi dans la chambre en s'exclamant *Debout !* Omar et moi avons grommelé au moment où elle a tiré les rideaux et que l'éblouissante lueur du jour s'est déversée dans la pièce. Aveuglé, j'ai enfoui ma tête sous l'oreiller. J'ai entendu mon frère protester en disant qu'il était de la vague B et qu'il voulait encore dormir. Maman m'a pincé affectueusement le rein et j'ai sursauté en râlant. Je me doutais qu'un sourire flottait sur ses lèvres pendant qu'elle s'éclipsait de notre chambre.

Maman se lève toujours dès potron-minet, pour effectuer la première de ses cinq prières. Elle fait ses ablutions dans la salle de bains, ensuite déploie son tapis en direction de la Mecque et commence à prier. Elle nous réveille toujours peu de temps après.

Même si l'école est seulement à quelques minutes de la maison et que nous sommes de la vague B. Je soupçonne parfois Maman de nous réveiller très tôt pour nous préparer discrètement à la première prière.

Allongé sur le dos dans mon lit, je fermais les yeux, tentant de retrouver le sommeil. J'entendais les narines d'Omar siffler, il s'était rendormi. Je me suis alors rappelé que j'étais de la vague A. J'avais cours uniquement le matin, ce qui signifiait que j'aurais droit à un long week-end. Cette pensée et l'imminence des fêtes de fin d'année, leurs lots de cadeaux et de repas abondants m'ont fait frémir de plaisir. J'en avais perdu le sommeil, j'étais excité à l'idée de vivre une journée aussi palpitante que la veille et de partager de beaux moments avec mes camarades.

Je me suis dirigé vers la salle de bains d'un pas traînant. En passant devant la cuisine, l'odeur de la citronnelle fraîche que Maman venait de cueillir dans son potager m'a effleuré les narines. J'ai entraperçu à l'extérieur le fourneau malgache, sur lequel était posée une petite casserole. Des volutes de fumée s'élevaient au-dessus de l'eau frémissante.

Le contact de l'eau froide sur ma peau m'a pleinement remis les idées en place. Après la douche, j'ai enfilé mon uniforme, avalé mon petit-déjeuner devant un épisode de *Ranma 1/2*. J'ai entendu le portail grincer lorsque ma nourrice et Ngouba sont arrivés. Vers huit heures, on a frappé au portail. J'ai éteint la télé, attrapé mon sac et rejoint mes camarades.

Notre groupe a grossi le long du trajet. Nos conversations enjouées animaient la rue. Nous avons chahuté, ri, débattu, sans nous douter que notre cercle d'amis volerait en éclat dans quelques heures.

À l'école, nous avons hissé le drapeau, chanté à pleins poumons notre bel hymne national, *La Congolaise* afin que, comme le réclamait le directeur, « le président de la République nous entende depuis le palais présidentiel ».

En ce jour, le soleil se lève
Et notre Congo resplendit
Une longue nuit s'achève
Un grand bonheur a surgi.

Nous avons ensuite regagné nos classes en rang, deux par deux, bien disciplinés. Nous avons étudié, blanchi nos ardoises à la craie, noirci nos feuilles à l'encre. À la récréation nous avons joué, nous nous sommes chamaillés, réconciliés, nous avons taquiné les filles, puis nous sommes retournés en classe. À midi, la sonnerie a retenti et nous nous sommes précipités vers la sortie, comme une volée de moineaux.

Sur le chemin du retour, j'ai croisé mon frère cadet, Omar, vêtu de son uniforme et accompagné d'un ami. Comme d'habitude, je lui ai demandé ce que ma nourrice était en train de préparer de bon. Des *madesu na mokalu*, haricots à l'huile de palme avec du poisson fumé. J'avais fait glisser ma langue sur mes lèvres. J'avais déjà l'impression de sentir l'odeur savoureuse du plat, accompagné d'un *chikwangue* bien caoutchouteux.

Tout en cheminant vers nos maisons, Marc, Safi, Kimunu et moi avons évoqué notre programme de l'après-midi. Nous avons décidé de rentrer nous changer puis d'aller directement jouer dans une des maisons en chantier du quartier, avant le déjeuner.

Arrivé chez moi, j'ai troqué mon uniforme pour des vêtements d'intérieur. La saveur du plat s'invitait dans mes narines. Je suis allé traîner autour de la marmite. Ma nourrice a roulé des yeux et fait claquer sa langue. Avec la louche, elle a récolté un morceau de poisson fumé dans la casserole, a longuement soufflé dessus, et me l'a tendu. Je l'ai mâchouillé en savourant tout particulièrement la peau noire bien grasse.

Ngouba, le domestique, réparait une chaise bancale dans le jardin. Il m'a accueilli avec son traditionnel *Bonjour, Boss Junior !* Je l'ai salué et je suis allé nourrir mes cobayes avec des feuilles de salade récoltées dans le jardin.

Kimunu est venu me chercher peu de temps après. Avant de le rejoindre, j'ai fourré dans ma poche quelques chocolats qu'Oncle Bacary nous avait rapportés de France. Ses yeux ont lui comme des billes lorsque je lui en ai glissé un dans la main.

Nous sommes ensuite allés chercher Marc. Safi ne pouvait finalement plus sortir. Nous avons gagné une maison en construction du quartier. Nous avons décidé d'y construire une cabane à l'aide des branches d'un arbuste qui proliféraient dans le jardin. Nous nous sommes amusés. Insouciants, innocents. Puis, à l'heure où l'air se parfumait de la saveur des plats, nous avons décidé de rentrer déjeuner.

Nous nous sommes séparés, presque sans nous saluer, persuadés que nous allions nous revoir d'ici quelques heures, sans nous douter que les instants que nous avions passés ensemble étaient les derniers. Sans nous douter que la guerre allait nous surprendre dans moins d'une heure. Chacun est parti de son côté. Je ne les ai plus jamais revus.

*

J'étais à table quand j'ai entendu ce bruit que je connaissais si bien. Ce bruit qui vous glace le sang et qui vous tord brutalement l'estomac. Une rafale, lointaine, qui a brisé la quiétude de ce vendredi. Elle s'est évanouie en traînant derrière elle un écho. Des claquements stridents lui ont répondu. Puis, des pétarades nourries. Au début, je n'entendais que le son des armes. Ensuite, il y a eu les cris de panique.

J'étais à table, je déjeunais. J'ai bondi de ma chaise pour me précipiter au petit portail, devant lequel se tenaient déjà ma nourrice et Ngouba. Le marteau qu'il tenait mollement tremblait au bout de ses doigts. Ma nourrice s'est retournée. Elle avait la main pressée contre la bouche. Mon cœur s'est mis à battre comme un fou au moment où je me suis faufilé entre eux, pour découvrir d'autres voisins à leur portail, les yeux écarquillés, qui se consultaient du regard, hébétés. Les pleurs de Samir, depuis la chambre, ont obligé Tantine Gloria à retourner à l'intérieur. Bientôt, le violent rugissement des armes a repris ; Ngouba a voulu me pousser à l'intérieur pour refermer le portail. J'ai protesté vigoureusement en rappelant que mon frère était encore à l'école. Son visage s'est tordu d'épouvante. Et sans crier gare, je me suis élancé dehors.

Au milieu des rafales, je pouvais entendre les appels désespérés de Ngouba. Il s'était lancé à ma poursuite. Je n'étais déjà plus capable de réfléchir, je courais, courais aussi vite que possible comme si ma vie en dépendait. Soudain, j'ai senti qu'on m'agrippait et qu'on me tirait violemment en arrière. Je me suis retrouvé au sol, et j'ai vu le visage blême du boy penché au-dessus de moi.

— Hassan, mais qu'est-ce que tu fais ! Tu es devenu fou !

Je me suis redressé et je l'ai repoussé vigoureusement avant de reprendre ma course effrénée. La guerre m'avait déjà arraché une petite sœur et une cousine. Je refusais qu'elle me prenne mon frère cadet. J'ai couru à toutes jambes à travers le quartier. Ce trajet que j'effectuais quotidiennement depuis des mois maintenant ne m'avait jamais paru aussi long, aussi pénible. J'avais la gorge en feu, mon cœur cognait fort dans ma poitrine. Les rues se remplissaient de badauds inquiets. Dans la précipitation, une maman a renversé son étal de beignets.

Le portail de l'école était entrouvert, deux parents paniqués s'y étaient déjà engouffrés. Le directeur parlementait avec eux, il les appelait au calme. Il n'a même pas réalisé que je fonçais à l'étage en lui passant sous le nez. J'ai débarqué dans la salle de classe d'Omar. Et parmi les élèves terrés dans un coin, autour de leur maîtresse au visage décomposé, j'ai aperçu mon frère. Sans un mot, je lui ai saisi le poignet et je l'ai entraîné dehors. En atteignant le portail, j'ai constaté que le nombre d'adultes avait doublé. Le directeur demandait à tout le monde de garder son sang-froid, il transpirait à grosses gouttes. Je me demandais ce qui l'habitait à cet instant, lui l'optimiste, lui qui s'obstinait à semer les graines de l'amour, du patriotisme et de la fraternité dans nos petits cœurs. Il ne savait plus où donner de la tête. Mon frère m'a demandé ce qui se passait. J'ai voulu répondre, les mots se bousculaient dans ma gorge. J'ai fini par lâcher dans un râle:

— C'est... c'est la guerre!

Nous avons remonté la rue principale, qui, en l'espace d'une demi-heure, était sortie de sa torpeur de midi. La panique s'était emparée des habitants. Durant notre course vers la maison, mon frère et moi avons croisé de nombreux enfants qui rentraient précipitamment de l'école, seuls ou accompagnés d'un parent. Nos regards se croisaient l'ombre d'un instant, nous lisions respectivement dans nos yeux un seul sentiment : la terreur.

Ngouba nous attendait au portail. Il nous faisait de grands signes de la main. Il n'a rien dit, il s'est contenté de hocher la tête, profondément soulagé. Il a refermé le portail à double tour et nous a ordonné de rejoindre ma nourrice à l'intérieur. Nous l'avons trouvée prostrée dans un fauteuil du salon, Samir dans les bras. Elle avait fermé les persiennes, par crainte des balles perdues. Jamais, depuis ma naissance, je ne l'avais vue s'asseoir dans le salon. Ses yeux luisaient dans l'obscurité. Sa bouche s'est entrouverte au moment où nous avons pénétré dans la pièce, mais aucun son n'en est sorti. Elle se balançait doucement d'avant en arrière en berçant mon petit frère.

Je ne sais plus combien de temps nous sommes restés terrés dans le salon, blottis tous les trois autour de ma nourrice, pendant que les combats s'intensifiaient. Je tremblais de la tête aux pieds, mes jambes semblaient se dérober sous moi. Mes parents... je n'arrêtais pas de penser à eux. Où se trouvaient-ils ? Étaient-ils en sécurité ? Est-ce que j'allais les revoir un jour ? Étaient-ils encore en vie ? L'idée qu'ils puissent déjà ne plus être de ce monde a fait monter un torrent de sanglots dans ma gorge. J'ai alors senti la main de ma nourrice glisser sur mon épaule. Son regard m'a calmé.

Soudain, nous avons entendu quelqu'un tambouriner au portail. Mon sang s'est instantanément glacé dans mes veines. Je me suis levé sur la pointe des pieds, et j'ai avancé jusqu'à la fenêtre. À travers les fentes obliques des persiennes, j'ai vu Ngouba, paniqué, armé d'une machette. Il allait et venait entre la véranda et le portail, sa poitrine osseuse se soulevait pendant qu'il cherchait son souffle. Il a fini par marcher d'un pas décidé vers le portail.

— Qui est-ce? a-t-il lâché d'une voix forte, qui semblait vouloir surmonter sa peur.

J'ai entendu Kalenga répondre. Le petit portail s'est ouvert sur mes parents, Katoto le chauffeur et Kalenga, notre gardien, qui avait le visage fermé.

Nous n'avons pas eu le temps de nous réjouir de leur retour. Ils étaient très agités. Ils nous ont annoncé que les combats faisaient rage dans les quartiers sud, où des miliciens Ninjas avaient repris les armes pour combattre le pouvoir en place. Mes parents devaient la vie à Kalenga et Katoto, qui les avait escortés depuis le centre-ville. Nous devions partir au plus vite.

Les parents nous ont donné des instructions puis sont allés troquer leur costume et leur tailleur contre un simple t-shirt pantalon et un pagne.

Les automatismes de 1993 et de 1997 étaient toujours là: préparer nos affaires, les fourrer dans des sacs et des pagnes, emporter les documents d'identité, les passeports, des médicaments, du lait en poudre pour

Samir. Moi, j'étais comme frappé par la foudre, j'avais l'impression de ne plus être là.

Une fois de plus, la guerre avait déboulé dans nos vies comme un obus, sans crier gare. J'avais l'impression de nager en plein cauchemar. Hier encore je jouais les explorateurs avec mes camarades. Il y a encore deux heures, nous nous amusions dans une maison abandonnée. Je dégustais des chocolats, insouciant... J'avais l'impression d'être prisonnier d'un cauchemar dont je n'arrivais à me réveiller.

II

9

Nous marchons sur cette route sans fin, noire de monde. Il règne une chaleur insoutenable, l'asphalte exhale des flammes transparentes. Nous progressons pieds nus, le sol est brûlant. Cette voie interminable semble nous conduire droit en enfer. Les habitants de mon quartier et des quartiers alentour ont fui dans la précipitation, emportant avec eux le strict minimum. Un sac à dos rempli d'effets rassemblés dans un pagne qu'on porte en équilibre sur la tête. Nous sommes nombreux, comme les jours de grand marché. À la seule différence que nous sommes accablés par le poids du silence, parfois rompu par des pleurs d'enfants.

Des miliciens se tiennent de part et d'autre de l'avenue, armés jusqu'aux dents. Ce sont des Ninjas. Leurs regards sont durs, leurs sourires revanchards.

Ils sont équipés de fusils mitrailleurs et arborent d'étranges chaînes autour du cou, souvent sales et oxydées, auxquelles pendent des cadenas ou d'autres amulettes. Des figurines grossières en bois taillé. Ces fétiches sont censés leur apporter puissance et protection et les rendre invulnérables aux balles ennemies. De temps en temps, mes yeux se détachent péniblement du bitume pour se hisser à leur niveau. Je les scrute, et lorsque par malheur je croise leur regard, je le fuis pour fixer le sol.

J'ai l'impression qu'on cogne furieusement un tam-tam dans ma poitrine, que mon âme a quitté mon corps, d'être habité par une étrange torpeur accentuée par ce soleil de plomb. J'ai l'impression de vaciller sous un poids insoutenable qui m'accable depuis notre départ de la maison.

Des éclairs d'images me reviennent.

La panique dans la maison. Ma nourrice qui fourrait nos effets dans nos sacs. Mon petit frère, Samir, assis dans le fauteuil, qui regardait, hébété et peut-être amusé, ce ballet discontinu. Soudain, la porte du salon a grincé. Nous nous sommes figés. Un rectangle de lumière s'est dessiné sur le tapis, et une silhouette s'est carrée dans son encadrement. C'était Ngouba. Le visage en sueur, il venait demander de prendre congé. Maman a accepté, presque effarée devant tant de formalisme. Du bout des lèvres, Ngouba a demandé son solde. Maman lui a fourré quelques billets dans la main. Il a voulu nous dire au revoir, mais sa voix s'est éteinte dans un soupir rauque. Maman lui a souhaité que Dieu le protège. Quelques minutes plus tard, c'était au tour de Katoto, qui regrettait de ne pas pouvoir nous escorter cette fois-ci. Il devait rejoindre au plus vite sa famille.

Je me revois, affolé, lorsque Maman et ma nourrice me demandent de ne prendre que l'essentiel. Qu'est-ce que l'essentiel ? Des vêtements ? Mes jouets ? Mes cobayes ? Mes cahiers ? Et j'ai compris, à cet instant-là, que l'essentiel pour moi était ce toit qui nous abritait et qui couvait les rares et agréables souvenirs que je commençais doucement à accumuler. Pour moi, l'essentiel était ce jardin dans lequel j'aimais tant jouer, ce potager secret que j'entretenais et que je contemplais rêveusement après mes journées d'école. Ma chambre, mes camarades, mon école. Ils étaient indissociables.

Ma nourrice a soudain réalisé que j'étais debout au milieu de ma chambre, comme tétanisé à l'idée de choisir le moindre vêtement. Elle a vidé mon cartable au sol, a tiré quelques effets du placard et les a fourrés à l'intérieur. Quelques jours plus tard, je découvrirais dans un compartiment de mon cartable un petit bloc-notes A4 à petits carreaux. Ce bloc-notes bousculerait à jamais mon destin. Il deviendrait mon journal de bord d'enfant victime de la guerre.

C'est lui qui ferait naître en moi la vocation d'être écrivain.

Naïvement, j'ai pensé que partir avec un simple sac à dos par personne était plutôt bon signe. Nous ne fuyions que pour quelques jours, le temps que la situation se calme. Une petite voix intérieure me susurrait que nous ne reviendrions jamais. Que le cours de mon existence venait de basculer à jamais, que ce départ était définitif et que la douce vie que je menais ici venait de prendre brutalement fin.

Je me revois dans le jardin, en train d'aménager la cage de mes cobayes. Je n'ai pas eu le droit de les emporter avec moi. J'ai ouvert leur cage. Un des mâles au pelage caramel et blanc s'est avancé et a tendu son museau frétillant vers l'extérieur. Incertain, il est revenu sur ses pas se blottir avec ses deux congénères. J'ai entendu au loin Kalenga qui disait qu'il nous escorterait jusqu'à l'avenue principale.

Un cri m'arrache à ma rêverie. Une famille entière vient d'être interpellée par un milicien. Son index surmonté d'un ongle long et crasseux pointe un groupe, puis se replie. Je les vois avancer, tête baissée.

Je suis terrifié par la présence de ces combattants. Certains ressemblent à des ermites sortis d'une longue réclusion. Leurs armes sont souillées de terre, de boue. Ils nous scrutent, à l'affût d'un traître, d'un étranger, d'une personne à la peau noire comme l'ébène, qui trahirait des origines ouest-africaines. Les Ouest-af', les Waras, ces commerçants qui ont, à leurs yeux, fait fortune sur le dos des Congolais, en devenant diamantaires, orpailleurs ou marchands, comme mes aïeuls maternels.

À mon grand étonnement, ils observent aussi nos pieds. Je me demande pourquoi. Une hypothèse me traverse l'esprit, et s'il s'agissait d'un moyen de distinguer les pauvres des cadres, fonctionnaires ou politiciens ? Des orteils sales seraient synonymes de pauvreté, de travail dans les champs. Des orteils propres et des marques de chaussettes d'emploi confortable.

— Tu portes des chaussettes au travail ? Tu as des marques au mollet ! aboie un milicien.

— Non monsieur, balbutie un homme.

— Menteur ! Les ongles de tes orteils sont propres. Tu travailles dans un bureau climatisé, avoue, fils de chien ! siffle son compagnon d'armes, en désignant ses pieds du canon de son fusil. Tes papiers, tout de suite !

Nous cochons toutes les cases pour être interpellés. Je me doute qu'il ne s'agit que d'une question de temps avant que notre tour vienne. Cette idée me liquéfie le ventre.

La peur se propage dans le cortège, les interpellations se multiplient. Chacune d'elles nous ralentit. Les miliciens perdent patience :

— Avancez ! vocifèrent-ils en nous braquant.

Lorsque mon regard croise un canon, j'ai l'impression que mon cœur chute dans ma poitrine. Malgré la chaleur, une goutte de sueur glacée roule dans mon dos. Certains miliciens semblent irascibles, dans un état second. Je redoute que la chaleur couplée aux effets des stupéfiants leur fasse perdre patience et tirer dans la foule pour obliger à presser le pas.

D'autres m'intriguent par leur visage juvénile. Ils semblent avoir tout juste la vingtaine. Ils ressemblent à de parfaits quidams. Des jeunes que j'aurais pu croiser au retour d'une partie de foot et qui m'auraient réclamé le ballon pour exécuter quelques jongles. Des jeunes un peu désœuvrés, toutes ces figures bien connues du quartier, qui nous agaçaient mais auxquelles nous étions inconsciemment attachés.

Soudain, au milieu du cortège, mes yeux sont attirés par un visage qui me semble familier. Je crois reconnaître Kimunu. Il marche aux côtés d'une femme et d'un jeune homme longiligne, au pas nonchalant. Je m'élève sur la pointe des pieds, tends le cou, fulmine intérieurement chaque fois qu'une famille me le fait perdre des yeux. Le garçon se tourne vers moi, et un profond dépit s'empare de moi. Ce n'est pas mon camarade. Je repense à son frère, à la promesse macabre qu'il nous avait faite : *À la prochaine guerre on les laissera piler vos bébés dans les mortiers. Vous allez voir.*

La famille qui nous précède dans le cortège vient d'être convoquée. J'ai cru qu'il s'agissait de nous. J'ai senti ma tête tourner, j'ai cru que j'allais m'évanouir. Nous nous sommes arrêtés, et nous avons gardé la tête baissée pendant qu'ils quittaient le cortège pour s'approcher de l'homme armé. Je me suis réjoui qu'il ne s'agisse pas de ma famille, mais presque aussitôt, j'ai été accablé par la culpabilité.

De temps à autre, un claquement sec ou une brève rafale retentit. Mes muscles se crispent. Mes yeux évitent scrupuleusement de regarder d'un côté ou de l'autre. Je perçois des supplications, parfois des pleurs. La curiosité finit par prendre le dessus. J'aperçois une famille de Waras en plein interrogatoire. Le mari est chauve, pansu, vêtu d'une chemise bleue qui semble prête à éclater. Il ressemble à un colosse campé sur des jambes robustes qui s'arquent sous son poids. Le combattant qui le questionne est tout l'inverse : court, rabougri. Le *Wara* semble l'implorer. Le milicien, impassible, hoche la tête en arborant un sourire teigneux, pareil à celui d'un prédateur qui vient de débusquer sa proie. En temps de paix, nul doute que leurs rôles seraient inversés. Le milicien serait certainement en train de quémander un prêt ou un échelonnement de paiement dans la boutique du Wara. Mais la guerre bouscule les rôles et les inverse.

Au milieu de la vague humaine, un petit groupe sort du lot. Il s'agit d'une femme, blanche, avec ses deux enfants. Un garçon et une fille qui doivent avoir le même âge que moi. Je lis sur son visage un sentiment de stupeur totale. Curieusement, ses enfants paraissent plus sereins. Je m'interroge sur sa vie. Qui est-elle ? Que faisait-elle encore ce matin ? Qu'est-ce qui a pu la conduire au Congo ? Est-elle Française ? Sait-elle où elle va ? Elle n'arrive pas à contenir son effroi. On dirait que le ciel vient de lui tomber sur la tête.

Tout à coup, la foule se fend devant nous. Quelques personnes s'écartent précipitamment, et frottent leurs pieds contre le bitume. Mes yeux se posent au sol et je découvre alors une chose abominable : une traînée de sang mêlé à des grumeaux, une espèce de hachis. J'ai un haut-le-cœur. Nous continuons de marcher, de longer le sillon sinistre. Mes yeux luttent pour ne pas se poser de nouveau sur cette traînée qui me tord le ventre. Et tout à coup, je le vois. C'est un homme, face contre terre, vêtu d'un pantalon et d'un marcel blanc maculé de sang. Son crâne est rasé, et ses mains nouées dans le dos avec un bandana. Il ne respire plus. Je serre de toutes mes forces la main de ma nourrice.

Au moment où nous arrivons à la hauteur du supplicié, l'air se charge presque instantanément de l'odeur infecte du sang et de la chair. Je comprends que son calvaire a été d'être traîné à l'arrière d'un véhicule. Nous le dépassons. Mais déjà, il me hante.

Pourtant, ce n'est pas le premier cadavre que j'aperçois. J'en ai vu d'autres... notamment il y a quelques années, cet homme à Poto-Poto, allongé au sol, un couteau planté dans les fesses. Mais celui-ci me marque profondément. Qui était-il ? Quel était son tort ? Était-il un *wara* ? Un proche du pouvoir ? Un fonctionnaire ? Un voisin connu pour être un sympathisant du camp opposé ?

Je sais que notre tour approche. Ce n'est plus qu'une question de temps. Ils vont nous interpeller. Mon père baisse la tête, tout comme ma mère. Ma nourrice, qui porte Samir sur son dos, progresse en fixant ses pieds. Nous essayons de nous fondre dans la masse, de disparaître… Mon regard balaye la foule et c'est à cet instant que je surprends ce combattant au cou orné d'une lourde chaîne, en train de fixer mon père d'un air très suspicieux. Ses lèvres sont serrées, ses yeux rougis, des touffes broussailleuses lui mangent les joues.

— Eh ! Viens ici.

Mon cœur se met à battre à tout rompre. Mon père continue de marcher, comme si ce n'était pas à lui que l'on s'adressait.

— Toi là-bas, je te parle ! Arrête-toi tout de suite ! vocifère-t-il.

La voix rauque du milicien nous tétanise. Tout le monde autour de nous s'arrête. Erratique, le milicien manie son AK-47 en bandoulière qu'il finit par pointer en direction de mon père.

— Viens là. Tout de suite !

Mon père se détache de notre groupe et se dirige lentement vers le rebelle. Nous nous consultons du regard et lui emboîtons le pas, silencieux. Le combattant commence son interrogatoire en faisant rougir sa cigarette. *Comment tu t'appelles ? D'où viens-tu ? Où travailles-tu ?* Il l'inspecte de la tête au pied, son regard est empreint d'un profond mépris à mesure que ses doutes se confirment. Un homme trop propre sur lui, rasé de près, qui s'exprime convenablement.

— À quelle ethnie appartiens-tu ?

Mon père lui répond.

— Ah ? Alors dans ce cas, pourquoi tu réponds en français ? Réponds dans notre langue. Réponds tout de suite !

Mon père tente tant bien que mal de répondre aux questions dans son dialecte. Sa langue fourche, les mots butent sur ses lèvres. Il balbutie, la nervosité s'empare de lui. Le rebelle hoche frénétiquement la tête en écarquillant les yeux, fier de l'avoir débusqué. Ses yeux nous balayent puis se braquent sur Maman. En la découvrant, il devine qu'elle est wara. À cet instant, il ordonne à mon père de se mettre sur le côté et le braque de son fusil mitrailleur.

— Parle maintenant ! Si tu es un des nôtres parle dans notre langue ou je te descends !

Pour la première fois, je perçois de la peur dans les yeux de mon père. Il balbutie, tente de calmer le rebelle, et peu à peu sa voix s'évanouit.

À ce moment, une chose étrange se produit, je vois défiler mes deux dernières journées. Ma journée à l'école, la kermesse, mon déjeuner, l'exploration du quartier avec mes camarades, la découverte du caméléon qui m'avait tant obsédé – et pour une raison inexplicable, m'obsède encore à ce jour. Le caméléon, cet animal étrange qui change de couleur pour échapper à ses prédateurs.

Je me revois dans mon lit, serein. Ces visions défilent à la vitesse de l'éclair, mais malgré tout j'ai l'impression que ce moment dure une éternité.

Je me revois en train de jouer dans le jardin, cueillir des fleurs, les sentir; et contempler l'orage qui fait surgir les escargots. Je revois ma cousine, mes camarades d'école. Je me revois moi-même en train de les brutaliser… Et lorsque ce film étrange s'arrête, je réalise que c'en est fini. Que ma famille sera exécutée et que nous reposerons dans le fossé. Curieusement, l'idée que nous connaîtrons une mort moins brutale que l'homme au marcel blanc me rassure. Lorsqu'on se retrouve au seuil de la mort, on comprend brusquement qu'il y a certaines morts qui ont le mérite d'être plus douces que d'autres. Une balle en plein cœur, un frémissement, un râle rauque, la vue qui s'embue et la fin de tout.

Soudain, retentit la voix d'une femme. Elle fend la foule en trottant, agitant la main. Elle parle le même dialecte que le rebelle, elle lui ordonne de baisser son arme.

— Mon fils, mon fils ! Mais qu'est-ce que tu fais ? Baisse donc ton arme, il est des nôtres ! Tu lui fais perdre ses moyens en le menaçant ! Je le connais très bien, ne doute pas de ma parole mon fils !

Le soldat dévisage la petite femme vaillante qui vient de s'interposer entre mon père et lui, faisant fi du fusil qu'il braquait. Je la vois alors parlementer avec le milicien, mais j'ai toujours l'impression d'être hors de mon corps. Je ne perçois que le rugissement de mon cœur, le flot de sang qui afflue dans mes tympans. Je me demande s'il ne s'agit pas d'un rêve, si nous ne venons pas d'être fusillés et projetés aussitôt au paradis, où cette femme nous accueille.

Je ne reviens à moi qu'au moment où nous rebroussons chemin, sains et saufs, guidés par cette petite femme qui nous propose de nous héberger pour la nuit. Nous sommes murés dans le silence, tétanisés par l'expérience violente que nous venons de subir. J'essaie de me réjouir, mais le tourbillon de sentiments qui m'habite m'en empêche. Je comprends alors que quelque chose s'est brisé à jamais en moi sur cette route.

Qu'une partie de moi vient de mourir.

*

Celle qui nous avait sauvé la vie ce jour-là était une ancienne assistante de mon père, dans l'entreprise où il travaillait. Ils s'étaient perdus de vue durant des années, et le destin les avait réunis au moment où notre existence allait prendre fin. Elle s'appelait Célestine, *Maman Celestine* pour les enfants.

C'était un personnage haut en couleur, sa bonne humeur était contagieuse. Malgré la gravité des événements, elle restait enjouée, surtout avec les enfants. Elle riait aux éclats et était aux petits soins pour nous. J'ai compris plus tard, en épiant une conversation des adultes, qu'elle était en réalité très préoccupée. Son époux était parti dans le centre-ville tôt dans la matinée, et il n'était toujours pas rentré.

Elle n'arrêtait pas de nous répéter que sa maison, qui était située dans une petite allée perpendiculaire à l'avenue que nous avions prise, était aussi la nôtre. Le seul interdit était de s'aventurer en dehors de la parcelle. Nous ne sortions que pour accéder aux sanitaires, qui étaient à l'extérieur. En nous élevant sur la pointe des pieds, nous pouvions alors apercevoir par-dessus les plaques de tôle rouillée l'agitation qui régnait sur l'avenue principale. Cette simple vue me donnait la chair de poule. J'avais toujours en tête l'image du fou armé avec son collier en chaîne au bout duquel pendaient de nombreux fétiches. En reniflant, je pouvais encore sentir l'odeur abominable qui émanait du malheureux qui avait été traîné sur la route. J'en avais la nausée. J'étais sous le choc.

Maman Celestine avait aussi accueilli d'autres familles qui, comme nous, avaient fui dans la précipitation. Pendant que les parents conversaient dans le salon, nous, les enfants, étions regroupés dans une chambre. Nous nous regardions en chien de faïence, encore secoués par ce que nous étions en train de vivre.

Le soir venu, Maman Celestine nous a préparé une soupe aux légumes. Il n'y avait pas assez de chaises et de fauteuils, alors certains se sont assis en fakir à même le sol. Elle nous a servis dans de petits bols, que nous devions partager à deux, accompagnés d'un morceau de pain.

J'ai voulu demander à Omar s'il croyait que nous aurions droit à de la viande après. Mais j'ai renoncé. Il touillait la soupe avec sa grande cuillère, le coin des lèvres tiré vers le bas. J'ai sursauté quand j'ai senti quelqu'un me pincer le rein. Maman m'ordonnait de manger.

Le soir tombait, des faisceaux de lumière s'infiltraient à travers les persiennes et s'imprimaient sur les cadres photos qui ornaient la commode du salon. Maman Celestine s'inquiétait maintenant de la coupure de courant survenue il y a une heure.

— On va perdre toute la nourriture du congélateur, soupirait-elle.

J'ai levé les yeux vers Omar et j'ai marmonné :

— Peut-être qu'on ferait mieux de tout manger ce soir...

Mon frère m'a rétorqué, en contenant un sourire, que j'étais complètement fou. Maman m'a interpellé à mi-voix et m'a ordonné de me taire.

Notre repas s'est poursuivi dans un silence de cathédrale. Petit à petit, les ténèbres de la nuit s'invitaient dans le salon. Maman Celestine a fini par se lever. Elle a craqué une allumette et embrasé quatre bougies qu'elle a réparties dans chaque coin de la pièce. Une fois le repas terminé, nous nous sommes rassemblés autour de la table du salon pour commencer à prier. Mais au fond de moi, je n'étais habité que par l'amertume et un profond sentiment d'injustice. Mon existence venait de basculer encore une fois. Il y a encore quelques heures, je m'étais trouvé au seuil de la mort.

Avant même que nous ayons commencé la prière, une violente explosion a retenti. Nous avons sursauté comme un seul homme, certains se sont jetés par terre. La détonation a été telle que nous avons senti les murs de la maison trembler et des lambeaux de poussière tomber du toit.

Très vite, des tirs d'artillerie ont répondu, accompagnés de pétarades furieuses, lointaines et proches à la fois. Bientôt, les tirs se sont transformés en un vacarme assourdissant, nous entendions distinctement le sifflement, les balles, le bruit sec qu'elles produisaient en frappant le toit en tôle et celui, plus sourd, quand elles se fichaient dans les murs. À travers la petite lucarne, on voyait les balles incandescentes monter dans la nuit noire.

L'impact des obus faisait trembler la maison, je croyais qu'elle allait s'effondrer et nous ensevelir. Les enfants ont été rassemblés sous la grande table à manger. Blottis les uns contre les autres, nous étions secoués de tremblements. Je pressais de toutes mes forces mes mains contre mes oreilles, je serrais mes paupières.

Les adolescents et les adultes se sont mis à plat ventre. Chaque chute de roquette ou d'obus était suivie de l'invocation de Dieu et de prières passionnées, le tout mêlé de pleurs bruyants et de cris d'enfants. J'ai regardé autour de moi et j'ai vu une jeune femme, les bras noués autour des genoux, se balancer d'avant en arrière, les yeux exorbités. Un torrent de larmes ruisselait sur ses joues. Elle pleurait en silence, son âme semblait s'être échappée de son corps.

Nous étions intimement convaincus que notre dernière heure était arrivée, qu'un obus allait nous tomber sur la tête. Le degré de violence dépassait de très loin tous ceux que j'avais connus au cours des précédentes guerres. Cette nuit-là a été sans conteste la pire de mon existence, du haut de mes dix ans. J'ai eu l'impression d'être à la lisière de l'enfer.

Soudain, un cri rauque a retenti. Il est monté dans la nuit et s'est évanoui. Nous avons vu le doyen du groupe, un homme assez âgé, serrer de la main le côté droit de sa poitrine, puis rouler sur le dos, les bras écartés. Il venait de subir un malaise cardiaque.

Le lendemain, j'ai été réveillé par les barrissements d'un camion. Je me suis levé en sursaut, croyant qu'il fonçait droit sur la maison. Mes yeux fatigués se sont hissés sur l'horloge, qui affichait cinq heures et demie, puis sur le petit attroupement qui s'était formé autour du doyen. Au milieu des murmures des adultes, je pouvais entendre sa voix fluette. Une femme âgée agitait son éventail au-dessus de son visage. Son malaise avait provoqué un vent de panique dans la maison, au point que pendant quelques minutes nous avions tous oublié les obus et les balles. Il ne devait sa vie qu'à une jeune femme, une certaine Prisca, qui s'avérait être sa fille. Faisant preuve d'un sang-froid remarquable, elle lui avait prodigué les premiers secours.

Le ballet des Jeeps et des camions a clôturé une nuit d'affrontements, avant qu'un silence s'installe, bien plus angoissant que le boucan des armes. Nous sommes restés cloîtrés dans la maison pendant une heure ou deux. Nous avons prié pour remercier Dieu d'avoir veillé sur nous durant cette nuit apocalyptique et préservé le doyen. Puis les hommes du groupe se sont décidés à sortir sur la pointe des pieds, après avoir scruté le jardin et la route à travers les fentes des persiennes.

Lorsque nous leur avons emboîté le pas, j'ai été interpellé par l'odeur persistante de la poudre qui flottait dans l'air et qui picotait les narines. Il y avait aussi ce silence abyssal qui m'angoissait. Avec d'autres enfants, nous comptions les balles incrustées dans les murs.

— N'y touche pas Hassan ! a crié Maman quand elle m'a vu tendre les doigts vers l'une d'elles au sol.

Le silence était de temps à autre interrompu par des pétarades lointaines. La situation risquait de se dégrader au cours des prochaines heures. Maman Célestine nous a conseillé de reprendre la route.

— Les combats vont se rapprocher chaque jour un peu plus. Il serait plus prudent que vous partiez.

Elle avait décidé de rester pour attendre le retour de son époux avant d'évacuer à son tour. Nous avons passé la matinée à préparer notre départ. Les enfants étaient chargés de récolter quelques fruits dans le jardin. Nous avons profité de cette occasion pour préparer une petite surprise pour notre bienfaitrice. Les adolescents les plus dégourdis remplissaient de gros bidons d'eau en prévision de la longue marche qui nous attendait. Maman Célestine nous a remis une partie des aliments du congélateur, craignant qu'ils ne s'abîment à cause de la coupure d'électricité qui se prolongeait. Elle nous avait aussi donné une grande bâche en plastique, *au cas où*.

Avant la séparation, nous avions avalé un petit-déjeuner léger, composé de fruits et d'une minuscule tranche de pain. Les plus jeunes avaient eu droit à un petit gobelet de lait en poudre dilué dans de l'eau. Pendant notre collation, les parents nous répétaient que nous devions être forts et patients, car nous ne prendrions notre prochain repas que le soir. Maman m'a regardé avec beaucoup d'insistance.

— Il va falloir prendre ton mal en patience Hassan. Tu ne peux plus manger autant qu'à la maison, donc si tu as faim, tiens bon et évite de piquer des crises.

— Bien dit, grande sœur, approuva ma nourrice. Si tu as faim, inutile de donner des coups de pied dans les casseroles. De toute manière nous n'en avons plus.

Avant de lever le camp, nous avons remercié Maman Célestine pour son hospitalité. Ensuite, nous, les plus jeunes, lui avons fait ce petit cadeau que nous lui avions préparé pendant la récolte. Une chanson, une simple chanson qui se composait d'une seule phrase que nous répétions à l'unisson, en tapant des mains : «*Maman Célestine, la maman de tous les enfants!*» Les parents se sont joints à nous. Maman Célestine a écrasé quelques larmes et nous a embrassés.

Puis, nous nous sommes dit au revoir. Sa voix joviale a accompagné notre cortège jusqu'à ce que nous nous engagions sur la route goudronnée, au milieu de quelques fuyards hagards, sonnés par la violence des affrontements de la veille.

Ce jour-là, a commencé notre longue traversée du sud du Congo.

10

Au début, comme beaucoup, nous pensions que les affrontements ne s'éterniseraient pas. Nous essayions de nous convaincre qu'il ne s'agissait que d'escarmouches ; un bref regain de violence comme cela survenait régulièrement dans les pays voisins, démocraties jeunes et balbutiantes qui peinaient à trouver leur équilibre entre tribalisme et cohésion sociale. Nous étions persuadés que l'ordre reviendrait et que nous pourrions regagner prochainement nos foyers. Nous étions loin d'imaginer que la situation s'enliserait et que nous allions parcourir 400 kilomètres à pied. Que nous serions confrontés à la famine et la maladie.

Notre groupe était composé de trois familles. Tout d'abord, il y avait la famille Samba. Papa Samba était un homme longiligne d'une quarantaine d'années, aux cheveux poivre et sel. Les Samba avaient évacué la capitale dans l'heure qui avait suivi les premières escarmouches. Sa femme, Maman Samba, était plutôt dodue. De nature inquiète, elle couvait ses trois fils, Félicité, l'aîné docile qui avait la particularité d'être bègue, Gloire, qui entrait tout juste dans la période agitée de l'adolescence, et enfin le petit dernier de six ans, Béni, qui était la plupart du temps taciturne.

La famille Malonga ne comptait que trois membres : Pépé et Mémé Malonga, la soixantaine bien entamée, et leur fille trentenaire, Prisca. Pépé Malonga était encore affaibli à cause de son malaise. Il était inséparable de son petit poste radio, qui semblait son bien le plus précieux. Mémé Malonga était courte, attentionnée ; quant à Prisca, il y avait ces jours où elle était avenante et très chaleureuse, et d'autres où elle semblait complètement résignée, comme si elle avait perdu tout espoir de vivre.

Et enfin il y avait ma famille. Mes parents, mes deux cadets et moi, sans oublier Tantine Gloria, ma nourrice, qui avait accepté de faire la route avec nous.

Nos familles, qui ne se connaissaient pas quelques jours plus tôt, étaient véritablement soudées. Nous pouvions compter les uns sur les autres. Mon père est naturellement devenu le chef du groupe. Il n'était pas le doyen, mais il était perçu par Pépé Malonga et Papa Samba comme un homme réfléchi et clairvoyant. On l'écoutait religieusement, on le consultait et on le laissait généralement prendre seul les décisions les plus importantes. Il marchait en tête de cortège, portant mon frère Samir sur son dos, une bible à la pochette en cuir fourrée dans sa sacoche. De sa poche arrière émergeait une carte du Congo, celle-là même qui permettait aux adultes de planifier notre itinéraire quotidien.

En ce deuxième jour de marche, nous avions rencontré d'autres déplacés qui rapportaient d'effroyables nouvelles de la capitale. Ils racontaient que les combats sanglants continuaient, que des blindés circulaient et tiraient sur ceux qui s'aventuraient sur les grands axes routiers. C'est pourquoi il avait été décidé que nous emprunterions les petites routes, jugées moins risquées. Durant notre marche, l'écho strident des balles nous parvenait, nous progressions d'un pas rapide, accablés du poids de nos effets, ne nous accordant que de très brèves pauses.

En milieu d'après-midi, nous avons de nouveau croisé la petite famille de Blancs. La mère affichait une mine toujours aussi dépitée. J'ai cru la voir consulter une petite carte du Congo. De temps à autre, son regard inquiet s'en détachait et survolait les alentours. Il ne décelait rien d'autre que le chaos et finissait par s'échouer à nouveau sur la carte. Ses enfants se tenaient à ses côtés. Je m'imaginais qu'ils étaient Français, et que cette simple nationalité leur procurerait sans doute une immunité. Je savais que l'ambassade de France n'abandonnait jamais ses ressortissants. J'imaginais un hélicoptère qui surgirait du ciel dans un formidable grondement pour venir à leur rescousse. À cet instant, et pour la première fois de mon existence, j'ai envié une autre nationalité que la mienne.

Je me suis retourné une dernière fois quelques mètres plus loin, après les avoir dépassés. Je ne les voyais déjà plus. Le sort de cette petite famille d'étrangers surprise par la guerre, et qui détonnait tant parmi nous tous, continuera de me hanter des décennies plus tard.

Au crépuscule, nous avons appris que le village où nous devions passer la nuit n'était plus qu'à un kilomètre. Au fur et à mesure que nous nous en approchions, nous remarquions la présence de miliciens armés qui donnaient des instructions dans leur dialecte, en pointant leur canon sur nous.

Petit à petit, la foule s'est densifiée sur la petite route goudronnée. Nous progressions maintenant pas à pas, serrés les uns contre les autres. Je me cramponnais à la main de ma mère en scrutant de mes yeux inquiets les autres déplacés. Une nouvelle menace semblait planer sur nous. Je regrettais déjà Maman Célestine, notre ange gardien, qui, cette fois-ci, ne pourrait pas voler à notre secours. Une rumeur parcourait maintenant le cortège : les femmes étaient séparées des hommes. L'épouvante a chassé l'épuisement sur les visages. Devant nous, les sinistrés semblaient maintenant réticents, je pouvais voir les adultes lancer des regards empreints de regret par-dessus leur épaule.

Pendant que nous avancions, j'entendais les ordres qu'un milicien aboyait à la foule. Ils avaient dressé un checkpoint de fortune constitué d'un enchevêtrement de barils vides, d'une table renversée et de branchages.

— Les femmes et les enfants à droite, les hommes à gauche ! rugissait un colosse à la mâchoire carrée.

Son ordre m'a fait frémir de la tête aux pieds. J'ai vu mes parents se détacher l'un de l'autre, après s'être adressé un regard inquiet. Omar, qui donnait la main à mon père, l'a suivi sans se retourner, pensant que je leur emboîtais le pas.

À cet instant-là, conscient que les hommes allaient être probablement exécutés, j'ai été animé par un instinct de survie. J'ai gardé ma main cramponnée à celle de Maman, et je me suis blotti entre elle et ma nourrice, qui portait à présent Samir. J'ai senti une masse de corps chauds et transpirants m'entraîner vers le passage de droite, comme un courant puissant. À quelques mètres du checkpoint, j'ai été pris d'une panique soudaine. Et si je m'étais trompé ? Et si les hommes étaient épargnés au détriment des femmes ? Consumé par la peur, j'ai fermé les yeux. Mon cœur battait fort dans ma poitrine. Je serrais la main de ma mère de toutes mes forces. Une fois de plus, je pensais ma dernière heure arrivée.

Lorsque j'ai rouvert les yeux, nous étions déjà de l'autre côté du barrage. Je me trouvais au milieu de femmes de tous âges, soulagées et inquiètes du sort de leur époux. J'ai sondé des yeux la pénombre, et à la lueur d'une lampe-tempête qu'un soldat portait à hauteur des visages qu'il scrutait suspicieusement, j'ai aperçu mon frère et mon père, main dans la main. Les voir sains et saufs m'a enlevé un poids considérable sur la conscience. Moi le bagarreur, moi le fougueux, j'avais déjà cédé à la lâcheté. Je m'en voulais de les avoir abandonnés au moment où la mort allait peut-être les frapper.

Ces pensées ne m'ont pas quitté jusqu'au coucher. Les villageois, confrontés à l'afflux massif des déplacés, redirigeaient les derniers arrivants vers une grande ferme désaffectée, où, disaient-ils, il y aurait de la place pour tout le monde. Nous y avons trouvé une cinquantaine de famille qui s'étaient déjà établies pour la nuit. Nous avons réchauffé un des plats de Maman Célestine, du poisson fumé à l'huile de palme avec des légumes, et nous avons grignoté en silence. La fatigue et le sommeil me gagnaient déjà. Les hommes du groupe avaient décidé que les enfants et les femmes dormiraient dans les granges, et eux à la belle étoile. Allongé sur mon lit de fortune tapissé de foin sur lequel on avait déployé un pagne, je me suis endormi la tête remplie d'interrogations.

Le jour suivant, Omar et moi avons été réveillés au petit matin par Maman et ma nourrice, qui tenait Samir dans ses bras. Il régnait dans la ferme une forte odeur de foin humide. L'esprit embrumé, je me suis demandé pourquoi je n'étais pas dans mon lit, et ce que je faisais dans une grange au milieu de tous ces inconnus qui semblaient me dévisager avec le même effarement. J'ai mis un certain temps à me rappeler que c'était la guerre, et que nous avions abandonné notre maison. Mes yeux fatigués ont balayé la grange à la toiture vétuste à travers laquelle la lueur laiteuse de l'aube s'invitait. J'ai aperçu de nombreuses autres familles qui s'affairaient déjà à plier bagage. Maman a pris mon petit frère des bras de ma nourrice, avant de lui demander de s'occuper de mon frère et moi. Tantine Gloria nous a conduits à un ruisselet qui serpentait la ferme abandonnée. Le contact de l'eau glacée sur mon visage m'a subitement réveillé.

Nous avons pris le petit-déjeuner dans la grange. Il était composé de fruits et d'une portion de bouillie servie dans un minuscule bol en bois, à peine plus gros qu'une louche. Chaque bouchée m'arrachait une moue de dégoût. J'avais toujours détesté les mangues mûres, préférant les vertes que ma nourrice me préparait en salade, pilées avec du piment et du sel.

Après notre collation, nous avons rejoint les hommes du groupe à l'extérieur. La brume, pareille à un voile de gaze, s'était déployée. On devinait les silhouettes spectrales des granges de la ferme. Les épais nuages étouffaient les rayons du soleil. Les papas du groupe établissaient le programme du jour. Leurs doigts dessinaient d'invisibles itinéraires sur la carte du pays, délicatement posée sur un sachet en plastique pour la protéger de l'herbe humide.

Les dernières nouvelles à la radio avaient confirmé les rumeurs qui nous parvenaient des autres sinistrés : des combats féroces entre l'armée et les miliciens et des déplacements de populations. Papa Samba avança l'idée d'évacuer vers la frontière zaïroise, arguant que ce pays était actuellement plus stable que le Congo. Mon père et Pépé Malonga accueillirent sa proposition avec réserve. Ils finirent par ranger la carte et à nous dicter le programme qui nous attendait durant cette journée de marche.

Ensuite, Félicité, Gloire et Prisca sont partis remplir des bidons d'eau.

Au moment où le ciel s'est désencombré de ses nuages et que le jour s'est pleinement déployé, nous avons entamé notre marche avec les adultes en tête de cortège.

*

Ce troisième jour de marche est plus long, plus pénible. En l'espace de quelques heures, la délicieuse fraîcheur du matin se dissipe. Nous marchons d'une seule traite pendant plusieurs heures consécutives.

J'ai l'impression qu'elles s'écoulent au compte-gouttes. Le soleil impitoyable nous écrase de sa chaleur. En fin de matinée, je suis déjà en nage, mes vêtements me collent à la peau. La première pause que nous effectuons me fait le plus grand bien. Nous nous hydratons, silencieux, sonnés, réfugiés à l'ombre d'un imposant acacia qui trône sur le bas-côté. Ma fatigue est telle que je somnole. Maman et ma nourrice me réveillent en me secouant.

— Hassan, *lamuka* ! Réveille-toi ! Ne t'endors pas, la marche n'en sera que plus dure. Tu dormiras ce soir.

La marche reprend. Je suis assailli par un sentiment étrange, un mélange de tristesse, de frustration et de colère. Je ressens l'envie d'éclater en sanglots, ces larmes que je contiens me permettraient d'évacuer le poids énorme que j'accumule depuis notre fuite de la maison.

Les autres déplacés marchent, silencieux, transpirant abondamment, les yeux rivés au sol, accablés par le poids des sacs, des bidons ou des enfants en bas âge. Nous suffoquons dans la fournaise. Certains s'écroulent de fatigue, victimes d'une insolation. Leur cortège s'arrête ; on traîne la victime sur le bord du chemin, à l'ombre d'un arbre, d'un arbuste. On éponge son front, on presse une serviette humide sur son visage brûlant.

La marche se poursuit. De la direction opposée vient un homme qui transporte une femme d'une cinquantaine d'années dans une brouette. Elle presse sa main contre sa cheville en se tordant de douleur et en pleurant à chaudes larmes. On voit un delta rouge ruisseler sur son poing. Son pagne est maculé de sang. L'homme a le visage grave, sa langue émerge d'entre ses lèvres pincées. Papa Samba ne peut pas s'empêcher de leur demander ce qui s'est passé. L'homme répond, sans s'arrêter, que la femme a voulu s'interposer entre son fils et des hommes armés. Ils lui ont tiré une balle dans le pied.

Quelques heures plus tard, nous faisons des rencontres bien plus macabres. Des corps abandonnés à même la route, recouverts d'un simple pagne que le vent brûlant rabat, ne dévoilant qu'avec pudeur des pieds nus, des doigts recroquevillés. Je réalise alors qu'en plus d'être longue et éprouvante, notre marche est aussi fatale. Je surprends la conversation d'un groupe d'adultes qui cheminent au même rythme que nous. Après une brève prière réclamant le salut du défunt, ils soutiennent que dans pareilles conditions, il est impossible de l'enterrer.

La curiosité pousse l'enfant que je suis à attarder brièvement ses yeux sur les cadavres. Bien que mes yeux s'en détournent presque aussitôt, ils me restent en mémoire, ils s'impriment en moi. Ils me hanteront pendant les heures et les jours qui suivront.

Je suis sans cesse assailli d'interrogations. Et si l'un de nous perdait la vie sur cette route de tous les dangers ? L'abandonnerait-on comme tant d'autres, sans se retourner ? Je pense à mes défuntes sœur et cousine. Je suis presque soulagé qu'elles n'aient pas perdu la vie sur cette route impitoyable, qu'elles aient eu droit à une cérémonie et une sépulture.

À toutes ces questions, s'ajoute aussi le désespoir lorsqu'une famille nous informe que notre quartier a été mis à sac, après de violents affrontements. Je commence à me dire, amer, que ma vie d'avant est peut-être définitivement révolue.

À la nuit tombée, c'est la délivrance. Nous atteignons enfin un petit village. Il a été pris d'assaut par de nombreux sinistrés. Pendant que nous grignotons un autre plat de Maman Célestine, dont la chaleur a déjà commencé à altérer le goût, mon père, Papa Samba et Pépé Malonga partent en éclaireurs. Mon estomac se plaint sitôt la collation terminée ; je l'entends pousser des grognements aigus.

Nous apprenons, au retour des hommes, que l'église et les différentes maisons sont pleines, nous allons devoir passer la nuit dehors. Les adultes se concertent pour savoir où on doit camper. Leur choix s'arrête sur un champ de roseaux. L'endroit est un peu en retrait, les roseaux forment une enclave naturelle en forme de croissant de lune autour d'un lit d'herbe. Pendant que Maman Samba et Maman déplient la grande bâche en plastique que Maman Célestine nous a offerte, il est décidé que nous serons répartis selon l'ordre suivant : à une extrémité se trouveront les mères, suivies des filles, puis des garçons et enfin des pères. Épuisé, je regarde ma nourrice passer un coup de chiffon sur la bâche.

Pour la première fois de mon existence, je passe la nuit dehors, comme ces pauvres que je croisais si souvent à Poto-Poto, étendus à même des cartons pliés, devant les commerces fermés des Waras. Malgré la présence des miens, je me sens vulnérable, inquiet, et surtout honteux à l'idée qu'un camarade d'école m'aperçoive, moi l'enfant fier qui jouait les terreurs de la cour de récré il y a encore quelques jours. Je repense à Kimunu, et à cet instant-là, je ne peux m'empêcher de sourire: pour une fois, je les envie, lui et sa bicoque en tôle qui le protège des aléas du temps.

Malgré mon épuisement, j'ai du mal à trouver le sommeil. Le temps est capricieux. Nous sommes réveillés à plusieurs reprises par des averses soudaines. Au loin, c'est la cohue. Des sanglots de bébés et des cris montent dans la nuit. Un vieillard me fait découvrir tout un florilège de jurons en kituba pendant qu'il maudit la pluie, avarie qu'il attribue aux féticheurs de nos dirigeants pour humilier les damnés que nous sommes. La pluie s'estompe enfin. Je remonte la bâche jusqu'à mon menton, je perçois la course d'un filet d'eau à sa surface, qui se fraye jusqu'à mes pieds. Exténué physiquement, éprouvé mentalement, je m'endors enfin. Je fais des bribes de rêves étranges, où la peur et la mort sont omniprésentes.

*

Le lendemain, j'ai été réveillé à l'aube par les délicieux fumets qui émanaient des marmites. Au-dessus de moi, les roseaux remuaient avec indolence, recouverts de perles d'eau. En me levant, j'ai aperçu de nombreuses familles qui cuisinaient. Chacune préparait ce qu'elle avait sous la main : un plat de *fumbwa*, du *dongo-dongo* au poisson fumé, du *pondu ya mossaka*, des *madésus*... Les moins chanceux se contentaient de tubercules bouillis ou d'un morceau de pain avec une noisette de pâte d'arachide.

Nous avons déjeuné après une brève toilette. Nous, les enfants, nous régalions en silence avec ce repas, qui serait probablement le seul de la journée, et qui devait nous apporter des forces pour tenir durant cette pénible journée de marche. Chacun de nous rendait son assiette vide à regret.

Le ventre à moitié plein, nous nous sommes reposés pendant une petite demi-heure. Les mamans du groupe sont parties troquer des aliments. On s'échangeait des tubercules contre du pain, des feuilles de manioc, de la bouillie, des haricots secs, du *koko*, du poisson salé, du sucre, du sel. Ma nourrice, avec ses remarquables talents de négociatrice, était parvenue à nous rapporter de la patate douce, du lait en poudre et du sucre. La solidarité prédominait malgré le dénuement qui s'installait. Nous étions tous vêtus du même invisible uniforme : celui de la misère, qui abolit classes sociales et différences ethniques.

Lorsque les mamans sont revenues, nous avons enfin levé le camp. La route goudronnée a laissé place à des pistes et des chemins tortueux qui se perdaient dans la forêt. Elle était dense, intimidante, inquiétante. L'idée de la franchir et peut-être de nous y perdre me tordait l'estomac.

*

La forêt était animée d'une symphonie dissonante. D'étranges sons retentissaient, des sifflements, des cris stridents, des clapotements, des grognements... Je me demandais s'il s'agissait de bêtes ou des esprits tourmentés de ceux qui étaient morts sur la route et qui revenaient accabler leurs proches ingrats. Il régnait une humidité étouffante, nous suions à grosses gouttes. Notre progression était ralentie par la végétation dense et anarchique. La présence de serpents nous préoccupait particulièrement.

Pépé Malonga a suggéré à mon père, qui était en tête de cortège, de s'équiper d'un bâton pour signaler sa présence aux éventuels reptiles en donnant des coups sur le sol. Pépé Malonga a passé la paume de sa main sur son front gras et s'est dirigé vers une branche qu'il a coupée et effeuillée avant de la tendre à mon père. Nous avons repris la marche, progressant en file indienne, précédés des coups de bâtons sourds.

En milieu d'après-midi, Maman Samba a fait un malaise. Nous nous sommes interrompus pour la désaltérer. Un kilomètre plus tard, elle a encore manqué de perdre connaissance. Nous nous sommes de nouveau arrêtés. Ma nourrice a déployé un pagne sur un petit espace herbeux et plat. Aidée par ses fils aînés, Maman Samba a été allongée sur le bout de tissu, les yeux à moitié clos. Ses trois enfants, inquiets, étaient réunis autour d'elle. Béni, le cadet, lui a demandé si elle avait été mordue par un serpent. Maman Samba a esquissé un semblant de sourire et secoué la tête. Félicité a récité une prière en bégayant. Son frère, Gloire, impatient, terminait ses phrases, ce qui avait le don de l'humilier et de provoquer le courroux de leur père.

Nous sommes repartis, Maman Samba semblait être à bout de forces. Pendant que les adultes se concertaient, un autre groupe de déplacés est arrivé à notre niveau. Il s'agissait d'un père et de ses deux fils adolescents. Le père s'est enquis de l'état de Maman Samba, adossée à un chablis moussu, sa tête lourde penchée sur le côté, le regard inexpressif. Il nous a indiqué un petit village à une demi-heure de marche et il nous a proposé de nous y conduire. Maman Samba a bu une gorgée d'eau et s'est relevée en gémissant, aidée par son aîné et son époux. Nous marchions derrière notre guide. Il créait des trouées dans la végétation dense avec sa machette.

Nous avons longé une rivière limpide au lit tapissé de petites pierres. En amont, nous avons aperçu trois hommes dans l'eau, le pantalon retroussé au-dessus des genoux. Ils manipulaient une nasse tressée. Le plus âgé des trois a ouvert la trappe du panier avec délicatesse et en a extrait un poisson, dont la queue frétillait en projetant des gouttelettes. Notre guide a échangé avec eux en lari. Ils lui ont indiqué la position du village.

Cette fois, nous avons eu la chance d'être parmi les premiers arrivés ; le soir n'était pas encore tombé. Le chef du village est venu à notre rencontre et il a échangé avec les hommes du groupe. Il nous a attribué une école désaffectée dépourvue de toit dans laquelle nous pourrions passer la nuit. Maman Samba, à bout de forces, somnolait en mâchouillant des morceaux de patate douce dans son assiette. Gloire, assis en face d'elle, observait les mouvements brusques de sa tête, qui semblait trop lourde pour ses épaules.

Nous sommes allés au lit plus tôt qu'à l'accoutumée. Nous étions tous épuisés après cette journée, et surtout affamés. Nous devions rationner nos aliments. À mon grand regret, les villageois n'ont pas partagé la pêche du jour avec nous. L'odeur du bouillon de poisson me parvenait et me torturait l'esprit.

Le sommeil tardait à venir. Nos yeux brillaient dans l'obscurité, rivés au firmament clair. Mon père et Papa Samba nous ont alors fait découvrir les constellations qui peuplaient le ciel. Andromède, le Triangle ou encore la Grande Ourse. Leurs noms me perturbaient. La Grande Ourse, par exemple, n'avait rien d'une ourse. Elle ressemblait à une casserole. J'ai demandé à mon père pourquoi la Grande Ourse avait cette forme. Il m'a répondu que les astronomes qui en avaient décidé ainsi.

Je me suis demandé si ce n'était pas la faim qui jouait des tours à mon père et à Papa Samba, en leur faisant voir des ourses là où il y avait des casseroles.

*

Nous avons passé les jours suivants à poursuivre notre marche vers le Sud profond, en nous enfonçant un peu plus dans la forêt dense. Nous, les enfants, avions fini par nous familiariser avec ce lieu qui nous inquiétait tant au début. La forêt se révélait être plus sécurisante que les routes ou pistes que nous empruntions, sur lesquelles nous étions exposés aux balles perdues. Quand nous n'étions pas à la merci d'hommes armés.

La forêt était devenue pour nous un lieu d'émerveillement, nous découvrions des animaux, des insectes ou des plantes dont nous n'avions jamais soupçonné l'existence. Comme cette plante aux fleurs violettes dont les feuilles avaient la particularité étrange de se replier dès qu'on les caressait. Mon père nous a expliqué que c'était un *mimosa pudica*, et que cette plante se rétractait pour se protéger des prédateurs.

Nous avons aussi découvert une autre plante, qui s'est révélée comestible, et nous a aidés à tenir durant cette partie de notre périple : la fougère. Elle proliférait dans la forêt. Les adultes nous confiaient la mission d'en récolter, ce qui nous faisait oublier notre condition pendant une poignée d'heures. Il suffisait de se courber pour en cueillir. L'abondance de fougères nous permettait de nous remplir l'estomac plusieurs fois par jour, notamment durant nos pauses. Nous les lavions à la source, ôtions les écailles brunes qui les recouvraient, les rincions plusieurs fois avant de les jeter dans une casserole d'eau bouillante. Les adultes les consommaient en échangeant leurs impressions sur cet aliment insolite, tandis que les autres enfants et moi gloussions devant les drôles de moues que chaque bouchée nous arrachait.

J'avais fini par me prendre d'une affection sincère pour la forêt, que je méconnaissais jusque-là. Elle abritait une profusion d'êtres visibles et invisibles, complémentaires les uns des autres, elle m'émerveillait. La forêt était notre mère nourricière, ses sources pures étanchaient notre soif. Elle était aussi notre protectrice, en son sein nous étions à l'abri de la folie des hommes.

*

À la forêt ont succédé les denses chaînes de collines du Pool. Elles s'étalaient à perte de vue devant nous, imposantes, pareilles à un océan aux vagues démesurées, gréseuses et broussailleuses, figées dans le temps. C'était une succession de mamelons parfois séparés par des vallons desquels émergeaient des bosquets traversés de cours d'eau. Ce décor sans fin remplissait mon cœur de désespoir, aucun village n'apparaissait à l'horizon. Nous apercevions souvent d'autres sinistrés comme nous, aussi minuscules qu'une colonne de fourmis éprouvées.

La traversée de ces collines a été de très loin la partie la plus harassante de notre périple. À chaque ascension, j'étais animé par un mince espoir : que la colline que nous gravissions soit la dernière, qu'en arrivant à son sommet je découvre une vallée verdoyante parsemée de villages où nous pourrions enfin nous reposer. Mais mes espoirs se brisaient toujours devant l'apparition d'une autre colline. J'étais comme un marin perdu en mer, naviguant depuis des jours, et scrutant désespérément l'horizon à la recherche d'une bande de terre.

J'avais l'impression de porter des bottes de plomb, chaque pas requérait un effort surhumain. J'avais le sentiment de lutter chaque jour pour ma survie. La terre était sèche, vicieuse, elle se dérobait sous mes pieds. Les chutes étaient monnaie courante. Pour les prévenir, les adultes avaient décidé de faire progresser les enfants devant eux.

Les heures défilaient comme au ralenti. Le soleil versait sa chaleur intense dès les premières heures du jour. Je retrouvais mes esprits durant les pauses que nous nous accordions dans des vallons arborés. La fraîcheur sous les arbres nous faisait le plus grand bien. Nous restions silencieux, sonnés par l'épuisement, une bouteille enveloppée dans un tissu humide circulait parmi nous. Nous n'avions droit qu'à quelques gorgées.

À la rareté de l'eau s'ajoutait celle de la nourriture. Une faim atroce me sanglait l'estomac. J'étais dans un tel état de privation, que mon esprit était sujet à des hallucinations. Je percevais des saveurs imaginaires de nourriture, le fumet d'un bon bouillon, l'odeur alléchante d'un poulet rôti, alors que nous nous trouvions au milieu de nulle part.

Il m'arrivait de faire ce rêve étrange. J'étais dans notre maison, affamé, mon estomac comprimé était agité de petites convulsions. J'attendais dans l'arrière-cour déserte, recroquevillé, les paumes sur les genoux. Soudain, une odeur suave venait me chatouiller les narines. L'odeur d'un bon plat. Était-ce de la queue de bœuf aux haricots accompagnés de riz ? Un *fumbwa* ? Un *saka-saka* ? Un *thiéboudienne* ? Je l'ignorais. Cette saveur lancinante caressait mon visage avec la douceur d'un voile de soie. Mon ventre gargouilla bruyamment au moment où je me levais, pour partir à sa recherche. Je pressais le pas, trottais, courais, la bouche remplie d'eau. J'atteignais alors la terrasse, où je trouvais un garçon en uniforme d'écolier. Il mangeait goulûment en me tournant le dos.

Je m'approchais de lui, tremblant, et lui demandais d'une voix blanche s'il pouvait m'en donner. Il hochait alors la tête en silence, sans se retourner. J'avançais vers lui en l'implorant. Son dos se raidissait, et sa tête pivotait très légèrement. Je pouvais voir son œil froid se braquer sur moi. Et à cet instant, une décharge électrique me parcourait le dos. Je reconnaissais cet enfant. C'était moi.

11

Le 23 décembre 1998, nous avons fait halte dans un petit village aux maisons en argile réparties sur le versant d'une colline. Nous avions passé la nuit dans une maison en construction, sans toit. Nous redoutions par-dessus tout la pluie. La journée avait été lourde, humide, d'énormes nuages sombres s'entassaient dans le ciel. Nous nous étions couchés à bout de forces.

Lorsque je me suis réveillé, j'ai eu la surprise de découvrir le soleil bien haut dans le ciel. J'ai regardé autour de moi. Omar, Samir et Gloire dormaient à poings fermés. J'ai aperçu ma mère parmi d'autres mamans du groupe, en train de laver du linge dans une bassine. Je me suis dirigé vers elle, en traversant la place du village clairsemée. De nombreuses familles avaient déjà levé le camp ; celles qui restaient préparaient le repas. J'ai demandé à Maman pourquoi nous n'étions pas encore partis, elle m'a rappelé qu'aujourd'hui c'était Noël. Nous allions nous reposer pour permettre à nos corps épuisés de reprendre des forces.

Aux côtés de Maman, silencieux, j'imaginais à quoi aurait pu ressembler ce Noël si la guerre n'avait pas éclaté. J'ai ressenti un profond chagrin, et j'ai chassé ces instants de bonheur imaginaires de mon esprit. Je ne voulais plus penser à la maison.

Nous avons passé la journée à jouer avec les autres enfants du village, à aller explorer les alentours. La plupart d'entre eux ne parlaient pas le français, nous nous comprenions par signes. Ils nous avaient invités à aller récolter des *tsui-tékés*.

Après la cueillette, nous avons gagné la rive blonde d'un ruisseau où nous avons lavé les grappes, avant de nous en délecter. Les enfants du village nous regardaient en silence manger avec voracité. Ils échangeaient des coups d'œil étonnés et commentaient dans leur dialecte. J'ai deviné que le plus jeune se moquait de nous, et que l'aîné lui faisait remarquer que nous étions certainement confrontés à la faim depuis des semaines. Nos vêtements étaient maculés du jus rouge sang des *tsuis-tékés*. Nous les avons rincés dans le ruisseau et étendus sur une branche.

Pendant que nous trempions nos pieds dans le ruisseau pour nous rafraîchir, deux jeunes villageois se sont enfoncés dans les fourrés. Ils sont réapparus quelques minutes plus tard, équipés chacun de deux bâtons longs et secs, qu'ils ont affûtés contre une pierre. Ils nous adressaient des sourires malicieux en parlant dans leur dialecte, l'air de nous dire qu'ils nous réservaient une belle surprise. Une fois le bout de leurs bâtons aiguisé, ils nous ont demandé de les suivre.

Nous nous sommes aventurés dans les fourrés, dont les branches nous griffaient les avant-bras et les mollets. J'étais inquiet et excité à la fois. Les deux garçons, en tête, progressaient à pas de loup, leurs petits yeux alertes sondaient la végétation. Le chant des oiseaux s'était estompé. L'écho du bêlement lointain d'une chèvre nous est parvenu. Tout à coup, le plus âgé des deux garçons s'est figé. Ses sourcils tressautaient. Sa langue a glissé sur ses lèvres. D'un geste très lent, il a hissé la pointe de la lance à hauteur de son épaule... Ensuite il l'a projetée. J'ai cru entendre un couinement aigu au moment où elle s'est enfoncée dans le sol, à environ deux mètres de distance. Le villageois s'est redressé et, en deux ou trois foulées agiles, s'est retrouvé devant sa lance. Son camarade l'a imité et a poussé un petit cri de satisfaction. D'un signe de la main, ils nous ont exhortés à les rejoindre.

Au crépuscule, nos mamans ont été surprises de nous voir arriver avec de la viande de brousse, offrande de nos généreux camarades.

Nous sommes repartis le 25 décembre, le jour de Noël. La prière matinale avait été plus longue qu'à l'accoutumée. Nous avions remercié le Seigneur de nous avoir préservés depuis notre départ de la capitale. Nous Lui avions demandé de bénir nos bienfaiteurs et de veiller sur nous durant les prochaines étapes de notre périple. Maman Samba a lu un passage de sa bible aux coins cornés. Elle regardait en particulier Gloire, qui semblait totalement imperméable à la bonne parole. J'avais déjà remarqué au cours des précédents jours que, comme moi, il gardait les yeux ouverts durant ces moments de communion.

Une fois la prière terminée, nous nous sommes embrassés en nous souhaitant *Joyeux Noël*. J'ai entendu Gloire pester :

— Il n'a rien de joyeux ce Noël. On a tout perdu. On est des sinistrés. Il n'a absolument rien de joyeux, ce Noël.

Quand nous sommes partis, les nuages étaient très bas et sombres, suspendus au-dessus des collines. Les adultes avaient débattu avant de reprendre la route, redoutant que nous soyons surpris par l'orage. Nos hôtes les avaient informés qu'à quelques kilomètres de là se trouvait un village du nom de Mankami, qui, disait-on, possédait une église couverte qui pourrait sans doute nous accueillir. La possibilité de passer la nuit dans un abri avait convaincu les parents de lever le camp.

Peu après notre départ, le crachin s'est mis à tomber. Au fil des heures, la pluie s'est intensifiée. Des veines d'eau naissaient à la surface des collines, irriguant les ruisseaux qui se faufilaient à leurs pieds. Nous avons multiplié les haltes, abrités sous des arbres, à scruter anxieusement le ciel obscurci. Gloire se retournait de temps en temps en direction du village dans lequel nous avions passé la nuit. Il marmonnait que nous n'aurions jamais dû en partir.

L'orage ne s'est estompé qu'en milieu d'après-midi. Quelques rayons de soleil émergeaient d'entre les nuages. Les collines baignaient dans une brume blanchâtre et très légère. La pluie avait rendu leur surface hostile et boueuse, nous avancions pas à pas en nous accrochant aux branches et aux racines aériennes. Nos chaussures sifflaient en s'enfonçant dans la boue épaisse de grès et de terre. Nous nous sommes résolus à poursuivre la marche pieds nus.

Un banc d'oiseaux au plumage cuivré et blanc s'est détaché d'un épineux sur notre passage. D'un seul mouvement, ils se sont évanouis dans les broussailles. Leurs gazouillis stridents nous ont accompagnés jusqu'à ce qu'on contourne le flanc de la colline.

Nous progressions à présent dans ce paysage paisible, qui contrastait tant avec l'horreur à laquelle nous avions été confrontés. Gorgées d'eau, les fleurs des bellucias exhalaient leur doux parfum. En contrebas, les ruisseaux sortaient de leur lit et poursuivaient leur paisible course entre les collines.

Soudain, Félicité a crié :

— Là... là... là-bas, Mank... Manka... Maa-ma...

Les mots butaient sur ses lèvres, alors nous avons suivi d'un seul mouvement le doigt qu'il pointait dans une direction pour découvrir un chapelet de lumières qui brillaient dans le crépuscule, au pied d'une colline. Un village ! Son apparition nous a revigorés. Les adultes débattaient, dubitatifs, en essayant de savoir s'il s'agissait bien du village de Mankami, ou d'un autre que nous aurions atteint de manière fortuite après avoir été désorientés par la pluie. Nous nous sommes engagés sur un chemin humide qui balafrait un marais, au bout duquel se dressait le village. Le vacarme des grenouilles dissimulées dans les roseaux s'interrompait au fur et à mesure que nous progressions. Un petit groupe d'enfants est venu à notre rencontre en riant aux éclats. Ils trottaient autour de nous en nous assaillant de questions.

La vue de ces enfants gais m'a troublé. Je n'avais plus entendu d'éclats de rire ni vu un visage jovial et insouciant depuis un moment. La guerre m'avait fait oublier ces petits bonheurs simples qui parsemaient le chemin de l'enfance : rire, jouer, courir, chahuter...

Un homme entre deux âges, au teint très noir et vêtu d'un ensemble blanc cassé, a gentiment chassé les enfants en nous rejoignant. Il s'est excusé de leur curiosité en nous montrant ses grandes dents blanches. Il nous a souhaité la bienvenue, s'est présenté comme M. Philémon, nous a confirmé que nous venions effectivement d'atteindre Mankami, puis nous a invités à aller attendre devant la maison du chef. Il ne nous a posé aucune question.

Le village était de taille moyenne, avec des maisons traditionnelles en boue et en toit de chaume. À travers les façades décrépies, on distinguait l'ossature rustique des murs, constituée de vignes nouées autour de bâtons. Les fenêtres étaient de simples trous béants. La lueur pâle des lampes-tempête à l'intérieur accentuait délicatement les motifs des pagnes qui faisaient office de rideaux.

Le centre du village était dominé par un flamboyant majestueux, dont les fleurs dans le crépuscule ressemblaient à des touffes cotonneuses écarlates échouées sur un lit de feuilles pennées. M. Philémon nous a invités à patienter au pied de l'arbre, le chef du village était en audience avec le groupe de réfugiés qui nous précédait. Nous nous sommes assis sur des nattes en plastique.

La vision d'enfants bien portants et innocents me perturbait toujours. Ils ne nous prêtaient pas attention, sans doute habitués à voir défiler des familles au pied du flamboyant. Trois gamins en bas âge gambadaient entre les maisons du village, pourchassés par un aîné qui agitait une tige de roseau comme une fronde au-dessus de sa tête. Leurs rires avaient quelque chose de délicieux, presque d'euphorisant et me donnaient envie de me joindre à eux.

Devant la maison du chef du village, un chien bâtard efflanqué léchait ses plaies. Sa queue s'animait mollement pour repousser quelques mouches obstinées. Sur le pas de la porte s'alignaient une rangée de sandales et deux paires de baskets boueuses.

Une demi-heure plus tard, nous avons vu une famille sortir de la maison du chef. Malgré leurs visages qui reflétaient leur épuisement, ils arboraient un sourire de soulagement. Nous avons ensuite vu la silhouette du chef se carrer sur le seuil de la porte. C'était un grand gaillard pansu, aux joues saillantes, dont la seule présence imposait le respect. De sa voix puissante, il a interpellé M. Philémon, et lui a demandé de les installer. Puis, il a invité les hommes de notre groupe à entrer. Il a secoué énergiquement les mains de mon père, de Papa Samba et de Pépé Malonga, qui regardaient leurs pieds en signe de respect.

Nous avons patienté un long moment au pied du flamboyant. La nuit tombait, le ciel se drapait d'indigo, et les nuages fins frangés d'orange zébraient l'horizon. Le bruissement apaisant du feuillage m'endormait.

La saveur alléchante d'un ragoût m'a extirpé de ma somnolence. Mon regard a pataugé autour de moi et s'est ancré sur deux enfants qui faisaient partie du groupe venu nous accueillir et se délectaient à présent d'un bon ragoût de gibier. À la lueur de la lampe-tempête suspendue à une branche de safoutier, je pouvais voir leur bouche barbouillée d'huile, leurs doigts dégoulinant de sauce *dongo-dongo*. J'en avais l'eau à la bouche. Ils ont dû s'apercevoir que je les fixais avec envie, ils ont échangé quelques mots dans leur dialecte avant de se retirer dans leur maison en emportant leurs assiettes.

Quand les hommes du groupe sont sortis de la maison du chef, la nuit était déjà pleinement déployée. Les étoiles semblaient étrangement basses, la lune parait d'argent les feuilles du flamboyant sous lequel nous somnolions. Les hommes apportaient de bonnes nouvelles. Le chef du village nous avait accordé le droit de dormir dans l'église du village.

M. Philémon nous a guidés jusqu'à l'église, en tendant devant lui sa lampe-tempête, autour de laquelle virevoltaient des moucherons. Un dôme de lumière s'est dessiné sur le sol nu de l'église, au moment où il a ouvert la porte. J'ai cru voir un insecte luisant se glisser dans l'interstice d'un mur. M. Philémon nous a invités à découvrir les lieux. C'était une salle de taille moyenne, sommaire, dépourvue de décoration. Les murs nus dévoilaient les tiges végétales qui supportaient la structure. L'endroit aurait pu être une mairie, une école, ou même une salle des mariages. Le seul détail qui se rapportait à la religion était une niche semi-circulaire qui contenait une statue à la peinture écaillée. Maman Samba a souligné la propreté de la salle.

— Plusieurs familles sont passées par ici ; elles ont toujours veillé à bien entretenir ce lieu, a précisé M. Philémon, d'une voix pleine de sous-entendus.

Passée la visite sommaire, il s'est retiré en nous souhaitant bonne nuit. Nous avons dégusté quelques tubercules durs et froids, des restes du petit-déjeuner, puis nous avons déployé la bâche de Maman Célestine.

Apaisé par le crépitement d'une ondée sur le toit, je me suis endormi.

Le lendemain à l'aube, nous avons découvert avec étonnement une généreuse corbeille de fruits sur le pas de la porte. Elle débordait de mangues, de papayes, de goyaves... Pendant que les mamans inspectaient, déconcertées, le contenu de la corbeille, en pensant qu'elle avait été déposée par erreur devant l'église, une jeune fille s'est approchée. Elle devait avoir mon âge, elle arborait une mine joviale. Les perles qui ornaient ses tresses fines s'entrechoquaient gaiement au rythme de ses pas. Elle nous a confirmé qu'il s'agissait d'un cadeau de notre voisin, son père. Elle a désigné un homme vêtu d'un ensemble kaki qui discutait avec des ménagères, un pied posé sur une brique, les poignets croisés sur son genou. J'ai alors reconnu M. Philémon, qui nous avait installés dans l'église hier. Il s'est rapproché de nous, les mains jointes dans le dos, en montrant ses grandes dents blanches. Il nous a demandé si nous avions bien dormi, et nous a informés que les sanitaires de sa maison étaient à notre disposition si nous avions besoin de nous en servir.

— Viens Ornella, laissons nos hôtes manger, a-t-il dit à sa fille en l'entraînant délicatement vers lui, la main sur l'épaule.

Mon regard a croisé celui de la belle Ornella pendant qu'elle s'éloignait. Mon cœur s'est emballé quand elle m'a adressé un sourire.

Après notre petit-déjeuner copieux, les papas du groupe nous ont fait un compte rendu détaillé de leur audience avec le chef du village. En plus de nous offrir l'hospitalité pour une durée indéterminée, il avait énoncé quelques règles de vie que nous étions tenus de respecter scrupuleusement : balayer quotidiennement l'intérieur et la cour de l'église ; demander la permission avant de cueillir des fruits ou des légumes ; ne pas faire la lessive ou la vaisselle près de la source ; ne jamais s'approcher de la rivière lorsque des personnes du sexe opposé s'y baignaient. Les parents nous rappelaient chaque jour ces règles en insistant particulièrement sur la dernière.

Chaque matin, nous avions le plaisir de découvrir un présent sur le pas de la porte : une corbeille débordante de fruits, de tubercules ou de feuilles de manioc, toujours un cadeau de notre généreux voisin, M. Philémon. Touchés par les épreuves que nous avions traversées depuis notre fuite de la capitale, les habitants étaient aux petits soins. Je m'étais pris d'affection pour certains habitants, en particulier pour Ornella, la fille de M. Philémon. Sitôt que je percevais le doux son de ses perles à cheveux qui s'entrechoquaient, mon cœur s'affolait. Elle était sympathique, un peu imprévisible et espiègle. Elle me rappelait douloureusement Ketia, ma camarade de classe. Je la surprenais souvent en train de me désigner du doigt, pendant ses bavardages avec ses copines. Elles se mettaient alors à glousser, la main devant la bouche.

Il y avait aussi le chef du village, M. Nkaba, un homme à la voix puissante. Il ne tenait pas en place, on le voyait toujours par-ci et par-là, le visage luisant, en train d'assurer la logistique du village devant l'arrivée des réfugiés. Lorsqu'il donnait des audiences dans sa maison, la plus grande du village, avec son toit de chaume et ses fenêtres ornées d'un rideau de perles, les échos de sa voix nous parvenaient et je pouvais anticiper du bout des lèvres *les règles de vie*, les mêmes qu'il avait énoncées à nos pères à notre arrivée, et qu'il répétait, dans un rituel qui clôturait chaque audience.

Il y avait aussi Nkaka Mvouanzi, qui nous offrait régulièrement des petits sacs de *foufou*. C'était une vieille femme maigrelette, au visage strié de rides. Ses yeux disparaissaient derrière ses paupières tombantes. Nkaka Mvouanzi prétendait que dans ses jeunes années, elle avait été une beauté brazzavilloise qui faisait chavirer les cœurs des Congolais. Hommes d'affaires, professeurs de renom, dignitaires, héritiers... Elle affirmait que, contrairement à la croyance répandue, Fulbert Youlou, premier président du Congo, n'avait pas choisi la démission et l'exil pour des raisons politiques.

«Il m'a courtisée pendant des mois, je l'ai éconduit. Plutôt que de perdre la face, il a renoncé à la présidence et s'est enfui en Espagne», m'avait traduit Ornella.

Quand j'ai émis des réserves sur cette histoire, Nkaka Mvouanzi a rapporté à mon père que je l'avais traitée de menteuse, ce qui m'a valu une bonne paire de claques. Depuis, j'approuve toutes ses affabulations. Y compris quand elle dit que François Mitterrand, ancien président français, était court de taille parce qu'il avait du sang camerounais.

Les femmes du village, qui travaillaient au champ, avaient pris nos mères sous leur aile. Une fin de matinée, ma mère, Maman Samba et Mémé Malonga les avaient croisées de retour des champs, portant sur leurs têtes des sacs en toile remplis de feuilles de manioc. Une offrande pour nos familles. Les villageoises les autorisèrent à se servir dans les champs et leur apprirent dans les jours qui ont suivi à fabriquer du manioc, de la pâte d'arachide ou du *foufou*.

Mankami ne devait être qu'une étape de quelques jours dans notre périple, mais le destin a voulu que notre séjour s'y prolonge. Nous étions épuisés après la longue marche à travers les collines du Sud, et certains membres de notre groupe semblaient développer les premiers signes d'un mal qui nous était familier, et qui exhumait dans ma famille de douloureux souvenirs. De la fatigue, de la fièvre et de violents maux de tête. Des courbatures et des hallucinations. Le paludisme s'était invité au village.

Pareil à un mal vicieux et invisible, il frappait à chaque porte, s'abattait sur un ou plusieurs occupants de la maisonnée. Hommes, femmes, adolescents, enfants, bébés, vieillards... Il n'épargnait ni les personnes ni les lieux, aussi bénis soient-ils. Ainsi, l'église que nous occupions avait cédé aux assauts de la maladie. Plusieurs membres de notre groupe l'avaient contractée, dont Maman.

La voir ainsi malade me ramenait à l'année dernière. À travers elle, je revoyais ma défunte cousine Penda sur son lit, haletante, au seuil de la mort. Ma nourrice gardait constamment le chevet de Maman. Elle l'aidait à manger malgré sa perte d'appétit, et épongeait régulièrement son front. Je me tenais souvent à leurs côtés. Je percevais alors la chaleur que le corps fiévreux de Maman exhalait. Ma nourrice insistait pour que j'aille me changer les idées dehors, avec les autres enfants. Je refusais.

De toute la maisonnée, celle qui avait subi la crise de paludisme la plus terrifiante fut sans doute Maman Samba. Elle restait couchée toute la journée. Quand venait la nuit, elle sortait de sa léthargie. En nage, le coin des lèvres écumant de salive, elle délirait, elle hélait des parents disparus. À la lueur terne de la lampe-tempête, nous voyions ses yeux vitreux rouler dans leurs orbites et se braquer sur nous avec consternation. Elle nous invectivait en nous demandant qui nous étions et pourquoi nous étions dans sa chambre.

— Sorciers, sortez de ma parcelle ! aboyait-elle.

Parfois, dans ses accès de délire, elle maudissait la guerre, les politiques, les militaires, les miliciens, les Ninjas, les Cobras, les Zoulous et les Angolais qui avaient pris part aux hostilités. Sans oublier nos voisins zaïrois, qui pourtant n'avaient rien demandé... Papa Samba ne savait plus où donner de la tête. Parfois, au milieu des jurons, on entendait des murmures de prière s'élever aux quatre coins de la pièce.

Nkaka Mvouanzi recommandait une décoction à base d'herbes locales censée apaiser les symptômes. Nous l'avons accompagnée, avec Ornella et d'autres enfants du village, cueillir les herbes dans un bois. Après les avoir soigneusement nettoyées, Nkaka Mvouanzi les a jetées dans une petite casserole en aluminium. Elle fredonnait des airs traditionnels en se balançant légèrement d'avant en arrière, les mains jointes entre ses genoux. De temps à autre, elle ôtait le couvercle, laissant s'échapper une nuée blanche qui faisait briller son visage. Ses narines frémissaient en inhalant les effluves de la décoction. Elle la touillait avec une cuillère en bois, puis reposait délicatement le couvercle. Face à elle, debout, mon père prenait minutieusement des notes. Il lui posait de temps à autre une question. Elle se contentait de répondre en acquiesçant ou en hochant la tête, les yeux clos, tout en continuant à chantonner. Une fois la tisane prête, elle remplit plusieurs gobelets à l'émail craquelé, et nous conseilla de la faire boire aux malades pendant qu'elle était encore brûlante.

L'état de Maman et des autres malades s'améliora au cours des jours suivants. Maman Samba cessa de nous maudire au milieu de la nuit.

Quelques jours plus tard, le hasard voulut qu'un vendeur itinérant qui faisait la tournée des villages arrive à Mankami. Les parents du groupe se sont alors cotisés pour recharger nos réserves épuisées d'antipaludéens.

Durant la prière du soir, Papa Samba a déclaré que nos requêtes avaient été exaucées. Moi, je me demandais pourquoi le Ciel avait attendu si longtemps pour nous venir en aide. J'en étais arrivé à la conclusion que les prières étaient probablement traitées par ordre d'arrivée.

*

La vie poursuivait son cours paisible à Mankami. Tous les matins, après avoir avalé quelques fruits, mon père et Papa Samba partaient en éclaireurs se renseigner sur la situation du pays. Pépé Malonga s'installait à l'ombre du flamboyant, l'oreille collée sur le petit poste radio qui crachait les dernières nouvelles en provenance de Brazzaville. Lorsqu'il perdait le signal, on le voyait déambuler dans le village en rouspétant.

Les mamans accompagnaient les autres femmes aux champs ou au marché, tandis que Félicité et Prisca partaient à la rivière puiser de l'eau. Gloire, Omar et moi étions chargés de balayer la cour de l'église. Ma nourrice, qui digérait sur le pas de la porte en mâchouillant un bâton de réglisse, nous supervisait.

Courbés, équipés de nos balais composés de nervures de palmiers noués à la base avec une cordelette, nous exécutions notre tâche avec sérieux. La nuée de poussière blanchissait nos mollets et nous faisait toussoter. Chaque coup de balai imprimait sur le sol des stries. Ma nourrice nous lançait des instructions de temps à autre. Elle semblait savourer intérieurement ce retournement de situation improbable que la guerre avait provoqué. Des petits nantis habitués à se prélasser, qui se retrouvaient à nettoyer et transporter des bidons d'eau quotidiennement. Elle prenait un malin plaisir à me charrier, en souvenir des domestiques que je maltraitais à la maison.

Lorsque Félicité et Prisca revenaient en fin de matinée, en nage, croulant sous le poids des bidons d'eau qu'ils portaient sur la tête, la cour était déjà propre. Ils la contournaient en suffoquant, et entreposaient les bidons jaunes dans le petit local frais attenant à l'église. Ma nourrice s'éclipsait dans l'église, réapparaissait avec une grande cruche et des verres en émail et les servait.

Ensuite, nous partions faire notre toilette à la rivière. Maman rappelait à Félicité de bien nous surveiller. Lorsque nous rentrions en frissonnant et en claquant des dents, les papas étaient de retour de leur pêche aux dernières nouvelles. Nouvelles qui, bien souvent, nous coupaient l'appétit.

Les sinistrés qui arrivaient tout juste de la capitale et de ses alentours leur racontaient l'horreur et le chaos qui régnaient. Une rumeur nous préoccupait plus que toutes les autres : on racontait que des cellules dormantes de miliciens commençaient à reprendre du service, y compris dans les villages.

Nous avions sympathisé avec des enfants de Mankami et d'autres sinistrés de notre âge. Nous effectuions des expéditions pour récolter des fruits, les herbes à décoctions de Nkaka Mvouanzi ou débusquer du petit gibier de forêt et des rongeurs. Un autre de nos passe-temps favoris était d'observer de drôles de bêtes portant le nom de fourmilions. Les fourmilions ressemblaient à des bestioles sorties tout droit d'un film d'horreur, avec leur énorme abdomen velu et tacheté et leurs puissantes mandibules. Nous aimions étudier ces insectes, capables de percer nos sandales en caoutchouc. On devinait leur présence grâce à ces cratères coniques qui constellaient le sol et dans lesquels les fourmilions piégeaient leurs proies. Nous nous amusions à stimuler leur piège avec une brindille ou la tige d'une fleur pour les capturer et les étudier.

C'est à Mankami que j'ai commencé à coucher mes pensées dans ce bloc-notes à petits carreaux que j'avais emporté avec moi. Chaque jour, à l'abri des regards, je consacrais quelques minutes à relater mon quotidien d'enfant bousculé par la guerre. Je me livrais comme je ne l'avais jamais fait auparavant. Je confiais à mon bloc-notes mes sentiments les plus intimes, mes petites joies dans les ténèbres de la guerre, mes questionnements quotidiens et surtout mes peurs, ces peurs atroces qui me torturaient et me faisaient redouter de voir la mort.

*

Mankami, notre petit îlot de quiétude, a été bientôt lui aussi rattrapé par la réalité de la guerre : la pénurie alimentaire. Elle s'était propagée de la capitale aux départements limitrophes puis aux villages. Les étals des marchés se clairsemaient chaque jour un peu plus, certains aliments se raréfiaient. Le riz, la viande, et surtout le sel… Seuls le manioc et les tubercules ne tarissaient pas. Peu à peu, notre repas quotidien s'est limité à un seul aliment, les feuilles de manioc.

L'huile de palme se faisant rare, les mamans la remplaçaient avec de la couenne de porc fumée.

Le porc et, en de très rares occasions, le poulet étaient les seules viandes d'élevage qui subsistaient. Certains matins, nous entendions des cris atroces et perçants en provenance du marché. Nous savions alors qu'un cochon était abattu. Les femmes du groupe en achetaient quelques morceaux. En l'absence de réfrigérateur, les villageoises avaient appris aux mamans du groupe à fumer la viande pour mieux la conserver. J'aimais rôder autour d'elles pendant le fumage, à l'affût de leur générosité ou d'un bout de couenne grillé qui tomberait au sol. Je reniflais à plein nez l'odeur du porc, le son de la graisse qui crépitait me creusait le ventre.

Je préférais de très loin la viande de porc au poulet, le gras nous remplissait davantage l'estomac. Tout au long du séjour, Maman a été la seule à ne jamais consommer de porc. Musulmane et pratiquante, elle s'interdisait d'en manger, ce qui était une source de messes basses chez les villageois et les différents membres de notre groupe. Certains craignaient pour sa santé, je les entendais s'entretenir avec mon père avec l'espoir de la ramener à la raison. Sans succès. Maman respectait scrupuleusement cet interdit, et nous la voyions, chaque jour, perdre des forces.

En ce 31 décembre 1998, nous avons acheté et tué un poulet pour célébrer la nouvelle année. Les mamans du groupe, conseillées par ma nourrice, ont fait preuve d'une créativité sans égal pour découper la bête en une bonne quinzaine de pièces, afin que chacun ait un petit morceau à ronger. Tout a été utilisé : foie, gésier, cœur, tête, cervelle, pattes... Les hommes du groupe se sont procuré du soda pour les enfants. Une autre famille de réfugiés nous a offert quelques *mikatés*, des beignets frits.

Mais malgré les facéties de Félicité et de Prisca, déterminés à distraire les plus jeunes, l'atmosphère restait mélancolique. Les villageois et les réfugiés se souhaitaient « Bon réveillon » mais avec une forme d'amertume. Nos foyers, nos voisins, nos amis, notre vie nous manquaient. Je repensais au réveillon deux ans plut tôt, lorsque cousine Penda était encore là. Le trajet en taxi pour rejoindre Poto-Poto, l'atmosphère qui régnait dans la maison, les confettis, les pétards, l'odeur du soufre dans l'air, les beaux boubous que nous portions, la profusion de nourriture... La chaîne stéréo qui diffusait les derniers morceaux de Koffi, Papa Wemba, Pepe Kalle... Cette époque semblait à présent révolue. Cette nouvelle guerre avait comme anéanti le peu d'insouciance qui subsistait en nous.

Le lendemain à 19 heures, tout le village s'est réuni dans un silence de messe autour du petit poste radio de Pépé Malonga. Il avait passé l'heure précédente à errer entre les maisons pour capter le signal, en traitant son appareil de tous les noms d'oiseaux. Une fois qu'il y était parvenu, il avait poussé un cri triomphal et ordonné à Prisca de lui apporter un petit tabouret. D'un mouvement très lent, il avait plié ses vieux genoux et installé le poste sur le dossier du tabouret. Sa langue rose émergeait entre ses lèvres pincées. Pépé Malongo écarta alors délicatement ses paumes tremblantes, comme s'il s'agissait d'une mine qui pouvait sauter d'un instant à l'autre.

L'allocution du président Denis Sassou Nguesso a commencé vers vingt heures. Il a fait le bilan du conflit et exhorté les miliciens à déposer les armes. Il a encouragé le peuple à garder espoir malgré la guerre : une paix durable reviendrait au Congo, les frontières seraient de nouveau ouvertes dans un avenir proche.

Quelques jours après, deux nouvelles réjouissantes nous sont parvenues. La première était qu'une voie maritime clandestine vers le Zaïre s'était ouverte aux abords d'un village. Plusieurs réfugiés avaient commencé à l'emprunter pour évacuer le pays, pour fuir la famine et les combats. La seconde nouvelle avait plongé Mankami tout entier dans un certain émoi : dans le village voisin, un bœuf allait être abattu.

On racontait qu'un couple de vieillards, les Ngemba, originaires de Talangaï, un quartier de la capitale, avait pris la route de l'exil en emportant son bien le plus précieux : un bœuf. Au début, la présence de ce trio déroutant avait apporté un semblant de légèreté au village, les enfants se prenant d'affection pour l'animal qu'ils voulaient parfois chevaucher, mais, au fil des semaines, le bœuf avait fini par devenir une source de tension. La faim et la raréfaction de la viande avaient poussé les villageois à faire pression sur le vieux Ngemba pour abattre son animal.

— Ma bête est mon bien le plus précieux, je l'ai obtenue en échange d'une parcelle spoliée par un cousin éloigné. On m'a volé ma parcelle, on ne me volera pas mon bœuf. Avant, il faudra me passer sur le corps, avait répondu le rachitique vieux Ngemba.

Pendant plusieurs jours, le vieux Ngemba avait subi toutes sortes de pressions. D'abord, les villageois l'avaient exclu des repas de groupe. Ensuite, ils l'avaient écarté des prières quotidiennes, au prétexte qu'il était un relais du Malin, venu semer la zizanie au village. On faisait aussi courir la rumeur que son bœuf était un sorcier qui se transformait en humain à la nuit tombée, pour manger les impudents qui avaient osé critiquer ses maîtres.

Le vieux Ngemba et son épouse en étaient à envisager de quitter le village, lorsqu'avait eu lieu une tentative de vol. L'affaire avait fait grand bruit. Le voleur avait manqué finir lynché par les uns, tandis que d'autres prenaient la défense de ce Robin des Bois congolais.

Le vieux Ngemba, comprenant que les jours de son bœuf étaient comptés, et les siens, par la même occasion, avait consenti à tuer sa bête à la condition que le plat de joue et la queue, ses morceaux préférés, lui soient réservés et qu'il touche l'intégralité de la recette. L'annonce avait été accueillie par des effusions de joie, le vieux Ngemba s'était même vu offrir quelques bouteilles de vin de palme.

Villageois et réfugiés débattaient déjà sur la façon de cuisiner les pièces de bœuf, avec de l'huile de palme, de la tomate ou une bonne sauce *dongo-dongo*. La nouvelle de l'abattage s'était propagée dans les villages voisins, si bien que certains avaient commencé à surenchérir pour se procurer une pièce de bœuf. Les villageois et les compagnons de route du vieux Ngemba, inquiets, lui faisaient promettre chaque matin qu'il leur réserverait les meilleures pièces. Certains avaient commencé à lui verser une avance.

En apprenant cette nouvelle, les hommes de notre groupe et Félicité décidèrent de partir le lendemain aux aurores pour se procurer quelques pièces.

Nous, les enfants, étions surexcités à l'idée de savourer un bon plat de bœuf, viande que nous n'avions plus goûtée depuis des semaines. Je languissais déjà à l'idée de me délecter des morceaux bien gras, de ronger les tendons accrochés aux os, de savourer le jus de la moelle... Seul Gloire, lugubre, refusait de s'égarer dans ces rêveries. Il se réjouirait, disait-il, lorsqu'on lui tendrait une assiette avec des morceaux de bœuf. «Il nous arrive tellement de malheurs que je ne serais pas surpris qu'ils reviennent bredouilles demain. »

Le jour suivant, je me suis réveillé aux aurores, dans l'espoir d'accompagner les papas et Félicité au village voisin pour assister à l'abattage du bœuf. Mon père s'y est opposé et m'a dit que je devais plutôt avancer dans les corvées du matin. Je les ai regardés progresser sur le petit chemin de terre, de part et d'autre duquel de hautes herbes abondaient.

Plus tard dans la matinée, tout le monde a été surpris de me voir debout, et de trouver la cour de l'église impeccable. Maman m'a taquiné en disant que c'était surtout l'idée de manger du bœuf qui m'avait poussé à me réveiller en même temps que les hommes du groupe.

Les heures défilèrent lentement. Neuf heures, dix heures, onze heures... À midi passé, nous étions profondément inquiets, d'autant que le marché n'était pas si éloigné. Les femmes faisaient des suppositions, quelqu'un a rappelé ce que des déplacés nous avaient raconté : les cellules dormantes de miliciens qui reprenaient les armes dans les villages. Personne n'a plus osé prononcer le moindre mot après ça.

Tout à coup, quelqu'un a crié :

— Les voilà !

Des clameurs se sont élevées. Nous nous sommes précipités à leur rencontre, mais nous avons tout de suite remarqué que quelque chose n'allait pas. Leurs visages avaient l'air déconfits, même celui de Félicité, d'habitude si détendu. Pépé Malonga marchait d'un pas pesant, la mâchoire serrée, la radio dans une main, l'autre enfoncée dans sa poche comme un poids.

— Mais où est la viande ? s'est écriée Maman Samba, les bras écartés.

Papa Samba s'est contenté de hausser les épaules et il a poussé un grognement rauque en guise de réponse, comme s'il n'était pas d'humeur à bavarder. Ils sont tous allés s'asseoir sous le flamboyant, et ont ordonné à Gloire de leur apporter une bouteille de vin de palme. Hébétés, nous les avons regardés parlementer à voix basse, en hochant la tête de dépit. Étaient-ils arrivés en retard ? S'étaient-ils disputés ? L'histoire du bœuf n'était-elle que le mensonge d'une personne mal intentionnée ?

Ce n'est qu'une fois leur amertume passée, que nous avons su la vérité. Elle dépassait l'entendement : la veille au soir de l'abattage, le bœuf du vieux Ngemba s'était enfui dans la forêt.

Je ne sais pas pourquoi mais l'image de ce bœuf qui se faisait la malle, loin de m'attrister, m'a fait rire aux larmes. Personne n'a apprécié ma bonne humeur. J'ai été puni.

12

Notre séjour au village de Mankami a pris brutalement fin au moment où nous nous y attendions le moins, quelques jours après l'évasion rocambolesque du bœuf.

Tout a commencé une fin d'après-midi. Le jour déclinait, le soleil se noyait derrière un banc de nuages incandescents. Le village était plongé dans une certaine torpeur. Mon père se trouvait à l'intérieur, auprès de Pépé Malonga victime d'un accès de palu. Maman était assise sur les petites marches de l'église. Les autres enfants assistaient à une partie d'awalé entre M. Philémon et Papa Samba. Ornella était assise entre Gloire et moi. Lorsque nos genoux s'effleuraient, je voyais une fossette se creuser dans sa joue. Papa Samba ne décrochait son regard du jeu que pour porter à ses lèvres son gobelet de vin de palme.

Au milieu de la partie, Nkaka Mvouanzi a proposé aux enfants de l'accompagner aux champs pour récolter des herbes aromatiques. Gloire, Ornella et moi avons accepté.

Nous avons remonté un sentier de terre, constellé de petits cratères coniques qui abritaient des fourmilions. Ils surgissaient de leurs tanières en faisant claquer leurs puissantes mandibules. Le vent frais du crépuscule se levait, il traînait derrière lui un doux parfum de terre trempée. Je l'inhalais à pleins poumons, il me rappelait les journées orageuses de la saison des pluies, les lendemains desquelles j'aimais déambuler dans le jardin.

Nkaka Mvouanzi a progressé avec agilité sur le rondin de bois qui enjambait le fossé séparant la route des champs. Gloire, Ornella et moi nous avons pris notre élan et sauté par-dessus. Suivant les directives de la doyenne du village, nous avons récolté les herbes aromatiques qui poussaient au pied des maniocs dont les branches nues trahissaient la faim qui sévissait au village.

Cette faim qui m'avait poussé quelques fois à m'aventurer sur ces mêmes champs, dans le plus grand secret, pour aller dépouiller les feuilles d'un jeune manguier et les consommer crues pour me remplir l'estomac. Gloire m'avait surpris un jour, et depuis il s'était mis à m'imiter. Nous nous croisions sur le sentier. Nous faisions comme si nous ne nous étions pas vus. Les plaintes du propriétaire du manguier auprès de M. Nkaba nous avaient poussés à arrêter.

Assise sur un rocher, Nkaka Mvouanzi fredonnait un air traditionnel tout en nous guidant dans notre récolte. À un moment, elle a péniblement hissé ses yeux fatigués vers le ciel. En apercevant l'horizon obscurci, elle a marmonné *mvula*. La pluie.

Tout en en ramassant les herbes, Gloire, Ornella et moi zieutons avec beaucoup d'envie le champ de canne à sucre voisin. Les tiges étaient hautes et bien blondes, les cannes arrivaient tout juste à maturité. Nkaka Mvouanzi nous a autorisés à en cueillir une et à la partager, affirmant que le champ en question appartenait à un lointain parent.

Ornella a emprunté la houe de la doyenne, et donné quelques coups secs à la base de la tige, expliquant que c'est là où se concentrait le sucre. Ensuite, elle l'a effeuillée et divisée en plusieurs bâtonnets. Elle nous en a distribué, et fourré le reste dans la besace de Nkaka Mvouanzi, pour les offrir aux autres enfants du village.

Je broyais entre mes dents la pulpe filandreuse, qui libérait dans ma bouche son jus. Je n'avais rien savouré d'aussi bon depuis une éternité. Je mastiquais la chair, jusqu'à ce qu'elle soit réduite à une boulette toute dure et insipide.

Tout à coup, nous avons entendu un ronronnement lointain. Au début nous avons pensé qu'il s'agissait de l'orage. Le bruit s'amplifiait de seconde en seconde. Gloire, qui marchait devant nous, s'est retourné en fronçant les sourcils. Puis son visage s'est décomposé.

Un pick-up avec à son bord une dizaine de miliciens armés jusqu'aux dents nous fonçait dessus. Nous nous sommes jetés dans le fossé et le véhicule nous a dépassés. Un milicien, à l'arrière, nous a adressé un salut en soulevant légèrement son arme.

En me relevant, sonné, j'ai regardé la poussière retomber lentement, en recouvrant nos pas et l'herbe d'un fin linceul. Ornella et Gloire aidaient Nkaka Mvouazi, qui époussetait son pagne. Au moment où j'ai entendu le pick-up déraper quelques mètres plus loin, j'ai compris qu'il se dirigeait vers le village.

J'ai été soudainement pris de panique. J'ai voulu m'y précipiter, mais presque aussitôt, je me suis dit qu'en me voyant débouler ainsi, les miliciens m'abattraient sans doute. Gloire m'a dépassé en courant, je lui ai emboîté le pas. En arrivant à l'extrémité du chemin, là où il forme un petit virage pour accéder au village, Gloire s'est figé. Très lentement, il s'est accroupi derrière les hautes herbes. Je l'ai rejoint, haletant. J'avais l'impression qu'avec la peur, une saveur amère se diffusait dans ma bouche.

À travers la palissade d'herbes, nous assistions à une scène d'horreur. Les miliciens avaient tous débarqué du pick-up, leurs AK-47 à la main. Le bout de leur canon se balançait doucement, tandis qu'ils surveillaient nos proches, pétrifiés par la peur. Un homme de haute taille et aux muscles saillants rôdait parmi eux. Il portait des lunettes de soleil et, de ma cachette, je pouvais apercevoir une amulette pendre autour de son cou. Deux armes étaient glissées à sa ceinture : un pistolet dans son étui et un long couteau à cran, qui m'a rappelé celui de notre gardien, Kalenga.

Mes yeux se sont tout de suite portés sur Maman, qui n'avait pas quitté les marches de l'église, et dont le regard fuyait celui des miliciens. Elle tremblait de la tête aux pieds ; son comportement trahissait celui de quelqu'un qui avait quelque chose à cacher. Mes craintes se sont confirmées quand son attitude a interpellé le chef des miliciens, qui s'est dirigé vers elle d'un pas menaçant. Je l'entendais l'interroger en aboyant.

Maman, les mains jointes entre les genoux, répondait. Le chef des miliciens ne la laissait pas terminer ses phrases, il enchaînait aussitôt avec une autre question. J'ignore si c'était à cause de la peur qui m'habitait ou de l'accent prononcé du milicien, mais je n'arrivais pas à comprendre ce qu'il disait. Mon cœur battait à tout rompre dans ma poitrine. Cet interrogatoire m'en rappelait un autre, celui survenu le jour de notre fuite. J'ai fermé les yeux, en essayant de respirer lentement, en vain.

Le chef des miliciens a demandé quelque chose à Maman dans un rugissement. Elle a hoché la tête. Il a réitéré son ordre en tendant son cou de taureau vers elle.

— Où est ton mari ? Il est où ?

Maman a répondu. Un silence s'est installé. J'imaginais les grands yeux offusqués du milicien derrière ses lunettes.

— Aux champs ! À dix-sept heures passées ? Tu te fous de ma gueule ?

J'ai eu l'impression que mon cerveau n'était plus irrigué et d'avoir la tête qui tournait. J'ai cru entendre Maman prétendre qu'avec la chaleur étouffante qui régnait, les hommes décalaient leurs horaires de travail. J'ai vu la main du chef des miliciens se couler vers le manche de son couteau, qu'il grattait du pouce. Et s'il décidait d'attendre leur retour des champs ? Et s'il décidait de suivre son instinct, de fouiller l'église et de débusquer mon père ? Nous serions tous exécutés dans l'heure. J'en étais persuadé.

Un silence insoutenable s'était installé sur la place du village, personne n'osait respirer. Gloire pressait ses deux mains contre sa bouche, sa respiration haletante soulevait sa poitrine. Le bruissement des perles qui ornaient le rideau de la case de M. Nkaba, le chef du village, a rompu le calme. Le cliquetis des pièces métalliques de la sangle d'une arme lui a répondu, quand un des miliciens l'a braqué de son arme. Loin de se démonter, M. Nkaba a engagé une conversation à distance avec le chef des miliciens.

Ce dernier a fini par s'approcher pour discuter avec lui. Une main fermement agrippée au manche de son couteau, le pouce de l'autre glissé derrière sa ceinture, il considérait avec un vif intérêt le plateau d'awalé et la partie figée.

De sa voix forte et puissante, le chef du village s'est excusé de ne pas avoir de vin de palme à lui servir. Le combattant a agité la main d'un signe de mépris, décelant là une hospitalité feinte. M. Nkaba l'a invité à poursuivre leur conversation à l'écart des habitants.

En les voyant cheminer vers nous, Gloire et moi nous sommes tapis au sol d'un seul mouvement. Nous avons jeté un coup d'œil en arrière, Ornella assistait Nkaka Mvouanzi, assise sur le rebord du fossé, grimaçante de douleur en tenant son genou.

À notre grand soulagement, les deux chefs se sont arrêtés à un mètre de notre cachette. Nous pouvions entendre distinctement leur conversation. Je voyais des fétiches orner les poignets du milicien. Il portait aussi un bracelet gravé d'un prénom : *Ange*.

Au moment où le chef du village s'est mis à énumérer les noms et prénoms des membres de ma famille et de celle de Gloire, j'ai été pris de panique. J'ai pensé que M. Nkaba, notre bienfaiteur, nous trahissait pour épargner sa vie et celle des villageois. Le chef des miliciens écoutait ses révélations en massant sa barbichette d'un air perplexe.

M. Nkaba l'exhortait maintenant à revenir le lendemain, quand tout le monde serait là, afin de s'assurer par lui-même que nous n'étions que de simples réfugiés. Le milicien a félicité M. Nkaba pour sa coopération. Ce dernier a acquiescé frénétiquement en faisant trembler le gras sous son menton. Son visage suait plus que d'habitude, les grosses gouttes de transpiration disparaissaient dans les plis de son cou.

L'orage a éclaté à ce moment-là. La terre brunissait sous les trombes d'eau, les éclairs fissuraient le ciel. Le chef des miliciens a remonté du regard le chemin trempé, j'ai cru voir ses sourcils se froncer quand il a aperçu quelque chose. En me retournant discrètement, j'ai compris que son attention avait été attirée par Ornella et Nkaka Mvouanzi.

Il a écourté leur entrevue informelle en criant pour couvrir le grondement du tonnerre, annonçant qu'ils reviendraient demain après-midi. M. Nkaba a salué sa décision, arguant qu'avec l'orage, ils risquaient de se retrouver bloqués au village à cause de l'état des routes. D'un pas allongé, le chef des miliciens a regagné le pick-up. Pendant que les autres combattants embarquaient sur le plateau du véhicule, son chauffeur et lui conversaient en pointant sur Maman un doigt accusateur. Le moteur a toussoté, le chef a adressé un salut bref à M. Nkaba en passant la main par la fenêtre. Le pick-up nous a éclaboussés Gloire et moi en nous dépassant. Il s'est arrêté à hauteur de Nkaka Mvouanzi, qui se relevait avec peine. Le conducteur lui a glissé quelques mots et a semblé s'excuser, avant de redémarrer en trombe. Lorsqu'il a disparu au bout du chemin, Gloire et moi nous sommes levés, trempés de la tête aux pieds.

M. Nkaba a écarquillé ses yeux en nous découvrant. Les pensées semblaient fuser dans son esprit. Il nous regardait en silence, d'un air inexpressif. Les gouttes ruisselaient sur son visage et son crâne chauve.

Nos jours étaient comptés. La décision de quitter Mankami a été prise le soir même. Les adultes avaient décrété que nous devions franchir au plus vite le fleuve Congo pour trouver refuge au Zaïre. Nous étions inquiets au sujet de Pépé Malonga, qui était toujours souffrant. Le chef du village a désigné un jeune habitant pour nous accompagner et porter sur son dos le doyen, jusqu'à ce qu'il retrouve des forces.

Pendant la prière du soir, Maman Samba était comme en transe. Elle pleurait en implorant le seigneur de nous protéger jusqu'à notre terre promise. Nous n'avons pas pu fermer l'œil de la nuit, tant la peur nous habitait. Je n'ai réussi à m'endormir que vers minuit. Je me réveillais toutes les heures de mon sommeil léger. Les conversations des adultes me parvenaient. J'entendais la voix vigoureuse du chef à l'entrée de l'église, qui prodiguait des conseils à mon père et à Papa Samba. Il insistait sur le fait que nous devions éviter à tout prix les routes.

À quatre heures et demie, nous étions levés. Nous avons mangé du manioc bouilli et du saka-saka à la couenne de porc fumée. Maman avalait en silence sa portion sans viande. Pour la première fois, nous avons vu M. Philémon nous apporter sa corbeille de fruits. Il nous a conseillé de bien nous remplir le ventre avant de prendre la route, et de ne surtout pas nous arrêter avant le village de Kimpila.

— Ils seront très certainement à vos trousses, ne faites des haltes qu'en cas d'absolue nécessité, a-t-il dit, avant d'ajouter, anticipant sans doute nos questions : Ne vous inquiétez pas pour nous. Tout ira bien.

Pépé Malonga a été placé sur le dos de son porteur. Il l'a fermement sanglé à l'aide d'un pagne, qu'il a noué au niveau de son torse. Pépé Malonga, probablement incommodé, faisait semblant de dormir.

Le chef du village et M. Philémon nous ont accompagnés jusqu'à l'entrée du village. Ornella s'était réveillée, elle se frottait les yeux de fatigue. Le cœur lourd, je n'osais pas la regarder. Nous avons remercié le chef et M. Philémon pour leur hospitalité, et nous nous sommes engagés sur le chemin humide bordé par les roseaux. Le clair de lune se mirait sur la surface paisible du petit marais, que seuls les bonds des grenouilles perturbaient. Arrivé au bout du chemin humide, je me suis retourné. Les silhouettes de nos bienfaiteurs se découpaient dans la pénombre. Les toutes premières lueurs de l'aube illuminaient la cime du flamboyant. Ornella, blottie contre son papa, m'a adressé un petit signe de la main. J'ai vu une forme se détacher d'une maison, soutenue par un bâton, et rejoindre le petit groupe. La chevrotante de Nkaka Mvouanzi s'est frayée jusqu'à nous. Elle nous souhaitait bonne route.

C'est ainsi que cette parenthèse insouciante en pleine guerre a pris fin. Séjourner à Mankami avait été une expérience qui avait profondément changé l'enfant que j'étais. La générosité dont ses habitants avaient fait preuve à notre égard avait achevé de dissiper les nombreux préjugés que j'avais sur les villageois, personnes que le jeune privilégié que j'avais été méprisait jadis. Les mots de notre ancien domestique, Raymond, résonnaient souvent en moi. « *Vous connaissez très mal les villageois Monsieur Hassan. Ce sont de bonnes personnes, bien plus altruistes que les citadins.* »

Les habitants de Mankami nous avaient ouvert leurs portes, ils avaient partagé leurs modestes ressources avec nous. Ils n'ont jamais conditionné leur aide à nos origines ethniques, à nos sensibilités religieuses ou aux accointances politiques de nos parents. Ils nous avaient aidés, naturellement, parce que nous étions leurs semblables. Des Congolais qui étaient victimes de la guerre.

13

Nous avons marché toute la journée d'une seule traite, conscients que les miliciens étaient sans doute à nos trousses. Nous avons grignoté en chemin. Je n'avais que très peu d'appétit. Lorsque nous entendions le vrombissement lointain d'un moteur, nous nous jetions dans les fourrés ; nous y restions dissimulés jusqu'à ce que le bruit s'évanouisse.

Quand les premières étoiles sont apparues dans le ciel et que le clair de lune a déversé son éclat laiteux sur le vallon que nous traversions, les adultes ont décidé de faire une halte pour la nuit. Mes jambes étaient pesantes, mes aisselles moites d'une sueur grasse. J'étais à bout, usé par l'effort et la chaleur. En contournant le fourré derrière lequel nous allions passer la nuit, j'ai senti mes dernières forces m'abandonner. Je me suis étendu sur l'herbe pendant que les adultes étendaient la bâche en plastique. Nous avons avalé quelques fruits. Je n'ai pas eu la force ni l'envie d'écrire dans mon journal.

Durant la nuit, la température a considérablement chuté, nous étions blottis les uns contre les autres pour nous tenir chaud. Le porteur de Pépé Malonga ne dormait pas, il jouait les sentinelles.

Nous avons levé le camp le lendemain toujours vers quatre heures du matin, avec l'espoir d'atteindre le village de Kimpila avant la tombée de la nuit. La condition de Pépé Malonga s'améliorait, mais il était toujours dans l'incapacité de marcher sur une longue durée, raison pour laquelle notre porteur a décidé de nous accompagner jusqu'à notre prochaine étape.

La matinée était fraîche, paisible, presque agréable. La brise rabattait le parfum des écorces humides et de la terre détrempée. Nos mollets, au contact de l'herbe, récoltaient la rosée du matin. À l'horizon, le soleil se hissait péniblement dans le ciel, embourbé dans un amas de nuages. Sur notre passage, des sauterelles vertes extirpées de leur sommeil s'élançaient d'une brindille à l'autre. Profitant de la douceur et de cette agréable nuit de repos, nous pressions le pas, toujours préoccupés à l'idée d'être rattrapés par les miliciens.

Vers midi, le soleil dominait le ciel et projetait des lances de feu sur les collines que nous gravissions. La chaleur nous avait comme surpris, nous multipliions les haltes, à l'ombre d'épineux aux feuillages ingrats. Je regrettais le vallon verdoyant et frais dans lequel nous avions passé la nuit. Les hommes du groupe échangeaient avec notre porteur. Pépé Malonga, victime d'un nouvel accès de fièvre, avait avalé un comprimé de Nivaquine. Étendu sur la bâche, la tête posée sur un pagne en boule, il somnolait, la bouche entrouverte. À la surface de ses lèvres, la peau sèche formait comme de minuscules écailles. Mémé Malonga, le regard vague, noyée dans ses pensées, agitait un éventail au-dessus de sa tête. Prisca, silencieuse, fixait les hautes collines avec résignation. J'avais appris, en surprenant une conversation entre ses parents, qu'elle travaillait pour le siège d'Elf en France, et qu'elle était venue en congé au pays début décembre. La guerre avait déboulé dans sa vie sans crier gare. Elle avait refusé d'évacuer sans ses parents. Son patron lui avait donné vingt-quatre heures pour revenir avec eux au siège de Pointe-Noire, la capitale économique, afin d'être exfiltrés au Gabon. Ils s'étaient retrouvés coincés à Bacongo. Ils n'avaient eu d'autre choix que de prendre la route. Je comprenais mieux ses moments de mélancolie.

Peu avant la tombée de la nuit, nous avons aperçu un village niché au sommet d'une colline. Le porteur nous a confirmé qu'il s'agissait de Kimpila. Les lueurs des habitations scintillaient dans la pénombre. Le village était plus petit que Mankami. Il semblait plus paisible, épargné par l'afflux de réfugiés. Notre porteur s'est entretenu avec le chef des lieux. Après l'audience, un des cousins du chef nous a offert le gîte et le couvert. Pour la première fois depuis plusieurs semaines, nous avons connu le luxe de séjourner dans une maison équipée de deux chambres, de sanitaires, d'une table autour de laquelle manger. Notre périple avait débuté il y a un peu plus d'un mois, mais j'avais l'impression qu'il avait duré une éternité. J'étais troublé de retrouver ces choses auxquelles j'étais pourtant habitué depuis ma naissance. Cette troisième guerre, par sa violence inouïe, avait complètement bouleversé mes repères.

Le maître de maison a dîné avec nous. Ses paroles étaient mesurées, empreintes d'une certaine pudeur. Il reposait de temps à autre ses couverts et nous regardait, nous qui mangions goulûment. Maman, d'un discret raclement de gorge, nous a fait signe de mieux nous tenir à table.

À l'heure du coucher, les femmes et les enfants ont été répartis entre les deux chambres. Les hommes et Félicité dormaient dans le salon, à même le tapis. J'avais oublié combien le confort d'un lit et d'un oreiller était délicieux. Le linge sentait bon le Pax, qui me rappelait la maison et ses douceurs.

Notre étape à Kimpila s'est étirée sur deux jours, notamment pour soigner Pépé Malonga au dispensaire. J'ai pu en profiter pour consigner dans mon journal nos récentes péripéties. Au milieu de mon récit, mon stylo m'a lâché. Je n'ai pas osé demander à notre hôte s'il pouvait m'en donner un.

Les villageois étaient aux petits soins pour nous. Ainsi, le lendemain de notre arrivée, une infirmière du dispensaire s'est présentée devant la maison, tenant à bout de bras un petit panier en osier recouvert d'un torchon à carreaux. Il s'agissait de poulet et de gibier fumé. Pour la première fois depuis très longtemps, chacun a eu droit à autre chose qu'un moignon : un morceau entier.

Après le déjeuner, nous avons défilé dans le cabinet du médecin pour faire un bilan médical. C'était une petite pièce, simple et chaleureuse, qui sentait l'alcool et le mercurochrome. Sur son bureau s'amoncelaient des papiers, des pochettes de couleur, des enveloppes. Des petits paquets de médicaments aux coins usés s'entassaient sur les petites planches accrochées au mur. Il y avait un cadre avec une photo des armoiries du pays, deux éléphants noirs de profil qui encadraient un blason sur lequel était représenté un lion rouge, à la langue verte, qui tenait une torche. Les éléphants étaient soutenus par un rondin, duquel pendait un ruban jaune arborant la devise du pays : *Unité, Travail, Progrès.*

Le docteur m'a fait monter sur la balance ; il a maintenu ma bouche ouverte avec un abaisse-langue en bois, et puis il a déplacé le pavillon glacé de son stéthoscope sur ma poitrine, en prenant un air grave.

Ses sourcils tressautaient en écoutant les tambourinements de mon cœur. Pendant qu'il rédigeait son rapport sur une feuille blanche, son stéthoscope pendant autour de son cou, il m'a demandé quel métier je voulais faire plus tard. J'ai répondu que j'étais censé intégrer l'école des cadets l'année prochaine, et que la guerre avait fait naître chez moi la vocation d'être écrivain. Il a eu un petit sourire en acquiesçant. Il a ouvert son tiroir, et en a ressorti un bonbon rouge qu'il m'a tendu, en me faisant promettre de bien me laver les dents dès que j'en aurais l'occasion. Avant de sortir, je lui ai demandé en me triturant les doigts s'il pouvait me prêter un stylo le temps de notre séjour, afin d'écrire dans mon journal. Il a poussé un grand «Ah!» en a extirpé un de la petite boîte cylindrique sur son bureau, et m'en a fait cadeau en me le tendant à l'envers, les doigts repliés sur sa pointe.

Le bilan du médecin après nous avoir auscultés était sans appel: nous étions tous dénutris. Il soupçonnait aussi de fortes carences, surtout chez les enfants. Il nous a préconisé, à mon grand étonnement, d'éviter des repas trop consistants en cas de famine prolongée, en affirmant que cela pouvait nous tuer. J'ai cru qu'il plaisantait. Il m'a adressé un clin d'œil pendant que nous quittions le dispensaire.

Après deux jours de repos à Kimpila, notre porteur a pris le chemin du retour en nous souhaitant bonne chance pour la suite. Ses yeux s'attardaient tout particulièrement sur Prisca au moment où il prononçait ses mots. Nous avons quitté à notre tour le village le lendemain à l'aube, après une nouvelle nuit dans la maison de notre bienfaiteur. Nous avions fait le plein de médicaments, et avions dans nos besaces quelques aliments pour la route. Du gibier fumé, des tubercules, du *chikwangue* frais et du *ngaï-ngaï*, de l'oseille confite. Nous avons remercié notre hôte, le chef du village, le médecin et l'infirmière, puis nous avons pris la route avec pour objectif d'atteindre le village de Mbelo, duquel nous traverserions le fleuve Congo pour gagner le Zaïre.

Nous avons marché durant une journée entière. Repus et revigorés, nous subissions moins les effets de la chaleur sur nos corps. Pépé Malonga était en forme. Lui d'habitude si austère et renfrogné plaisantait et parlait sans pouvoir s'arrêter. Nous avons atteint un autre village en fin d'après-midi. Nous avons passé la nuit dans une école aux murs en briques rouges, parmi d'autres réfugiés. Nous pouvions entendre les gouttes de pluie s'écraser contre le toit en tôle. Au milieu de la nuit, nous avons eu la désagréable surprise de découvrir que l'école abritait une colonie de chauves-souris. Elles nous survolaient en sifflant, gobaient les moustiques gorgés de notre sang, et nous urinaient dessus. J'en suis venu à regretter les nuits à la belle étoile. Quelqu'un a gratté une allumette et allumé une lampe-tempête. Nous avons ouvert portes et fenêtres pour les faire sortir au milieu des pleurs des enfants et des cris perçants d'une adolescente.

Le lendemain, nous devions traverser une forêt qui semblait impénétrable. Papa Samba avait décelé une trouée qui paraissait récente. Les coupures nettes sur la végétation et les lianes et branches piétinées au sol laissaient penser que d'autres déplacés nous avaient précédés.

J'avais oublié combien la forêt était bouillonnante de vie. J'avais l'impression que tous mes sens étaient assaillis. L'odeur lourde de l'humus, les cris stridents des animaux, le bruissement des feuilles, les singes turbulents qui se balançaient de branche en branche, vifs comme l'éclair, en provoquant une averse de feuilles... Nous étions étrangers dans cette forêt, à la merci des innombrables créatures qui la peuplaient. Nous étions vulnérables face à ce gibier que nous chassions hier encore, et qui aujourd'hui semblait se délecter de l'ironie de notre situation : des humains étaient devenus les proies de leurs semblables.

Les hommes, qui se tenaient en tête de cortège, étaient équipés d'un bâton qui accompagnait chacun de leurs pas en cognant le sol, pour annoncer notre passage aux reptiles ou aux insectes venimeux. Nous avons enjambé des ruisseaux à fond rocheux. En contrebas, nous pouvions voir un banc de petits poissons à la robe tachetée. Nous nous sommes abreuvés, avons mouillé nos têtes et rincé nos visages. Nous avons consommé des tubercules, du gibier fumé et des mangues bien mûres avant de nous accorder une pause digestive. Papa Samba passait son ongle en travers de ses dents. Nous sommes repartis une demi-heure plus tard.

La marche dans la forêt était éprouvante, nos pieds se prenaient dans les racines aériennes. L'atmosphère était lourde, humide, nous peinions à trouver de l'oxygène.

Puis, nous sommes arrivés devant ce courant boueux qui traversait la forêt. Papa Samba présumait qu'il s'agissait sans doute des conséquences d'un glissement de terrain. Il a ouvert la marche. Son épouse ne parvenait pas à contenir son angoisse depuis la rive. Elle lui répétait sans cesse d'être prudent. Félicité a pris la main de sa mère en la serrant très fort. Papa Samba s'est enfoncé dans la vase épaisse jusqu'au niveau des genoux. Il tâtait le fond avec son bâton, puis avançait. Il s'est éloigné peu à peu de nous. Nous l'avons vu perdre l'équilibre, basculer brutalement sur le côté. Maman Samba a étouffé un cri. Il est parvenu à se redresser en se balançant du côté opposé. Puis, il a gagné la rive d'en face. Il a levé le pouce dans notre direction. La traversée était sûre. Les parents ont multiplié les allers-retours pour transporter d'abord les plus jeunes de l'autre côté, puis nos affaires.

C'est en atteignant une petite rivière limpide plus loin dans la forêt que nous avons pu nous baigner et nous débarrasser de la boue.

Nous sommes arrivés au village de Mbelo au petit soir. Il s'agissait de la dernière étape de notre voyage, côté Congo-Brazzaville. Nous y avons passé la nuit, répartis en petits groupes chez les habitants qui nous avaient ouvert leur porte. La tension était palpable parmi les hommes du groupe, qui multipliaient les allées et venues. Ils discutaient à l'extérieur de la maison dans laquelle Maman, mes cadets et moi dormions. Ils parlaient de la traversée du fleuve et négociaient le prix avec nos futurs guides et les piroguiers. Cette étape de notre périple était sans aucun doute celle que j'appréhendais le plus, car dès mon plus jeune âge j'avais été élevé dans la crainte de ce fleuve puissant et indomptable, repaire de Mami Wata et cimetière marin de bon nombre d'enfants qui avaient osé le défier.

Nous nous sommes levés bien avant l'aube ce jour-là. J'avais l'impression de ne pas avoir dormi, je me sentais faible, un peu fiévreux. Je n'avais pas d'appétit. J'avais grand-peine à avaler les tubercules bouillis et le poisson fumé qui les accompagnait. La traversée du fleuve m'épouvantait, mon estomac était agité de spasmes violents. Nous avons rassemblé nos affaires et pris le chemin de la rive.

Le clair de lune illuminait le sentier rocailleux sur lequel nous nous étions engagés en file indienne. Nos deux guides, taciturnes, ouvraient la marche. Ils étaient censés nous conduire jusqu'aux passeurs qui nous attendaient sur la rive. Le vent froid chargé des effluves du fleuve soufflait. Le chant nocturne des grillons nous accompagnait. À mesure que nous progressions, le grondement féroce du fleuve grandissait, accentuant l'angoisse qui m'habitait. J'avais l'impression que nous étions une procession funéraire qui se dirigeait droit vers son tombeau. L'idée que notre embarcation chavire ou qu'elle soit attaquée par un hippopotame me préoccupait. Une question de Félicité a dissipé cette peur.

— Est-ce qu... qu'il y a des hi... hipp... hippo...

— Hippopotames ! a achevé Gloire avec agacement.

Son père lui a lancé un regard noir par-dessus l'épaule.

Un de nos guides a gloussé.

— La colonie qui vivait à l'endroit où vous allez embarquer a été exterminée, a-t-il révélé. La famine a poussé les populations à les attaquer pour les manger.

À présent le demi-jour naissait, nous dévoilant la silhouette imposante de falaises d'ardoise partiellement tapissées de végétation. Arrivés à leur sommet, nous avons pu contempler l'impétueux fleuve Congo, au-delà duquel s'étalait notre terre promise. Ses vagues s'écrasaient avec fracas contre les rochers acérés qui affleuraient à sa surface.

Je n'arrivais plus à contrôler les tremblements de mes jambes, j'avais la nausée. Un groupe d'hommes à l'air lugubre a surgi d'un bosquet coincé entre deux falaises et s'est approché de nous sans dire un mot. Tout en discutant dans leur dialecte avec un de nos guides, ils nous épiaient. Ce dernier a fini par se retourner vers mon père et l'a invité, d'un signe de la tête, à le payer. Mon père a fourré sa main dans sa poche, et en a ressorti une boulette de billets qu'il a défroissée avant de les lui tendre.

Aussitôt, une étrange agitation s'est emparée des piroguiers et de nos guides. Je les ai vus extraire de leur sac d'épaisses cordes tressées ; en les voyant accrocher les mousquetons aux relais chaînés, j'ai compris que nous allions rejoindre les rives du fleuve en descendant en rappel. Malgré la fraîcheur de la matinée, je suais déjà abondamment.

Papa Samba est descendu en premier avec un de nos guides, à qui il était assuré. Puis, est venu le tour de Gloire, Félicité, Béni, Maman Samba... Chacun retenait son souffle et semblait lutter pour contenir sa nervosité. Mes yeux ne se détachaient pas des cordes tressées auxquelles nos vies dépendaient.

Et soudain est venu mon tour. Je serrais les dents de toutes mes forces pendant que le guide répétait ses gestes mécaniques pour m'assurer, sans prononcer un mot. Il formait des nœuds complexes autour de ma taille. Mes yeux se sont rivés sur le fleuve. Puis, il a adressé un signe de la tête à son compagnon, et nous avons entamé notre descente. Blotti contre lui, je pouvais sentir l'odeur aigre de sa transpiration. En réalisant que mes pieds étaient maintenant dans le vide, je me suis mis à paniquer. Le guide m'a dit quelque chose dans son dialecte, d'une voix calme mais ferme. Mon corps s'est comme ramolli et j'ai eu l'impression que mon âme le quittait. La corde robuste me brûlait les reins. J'ai fermé les yeux.

Quelques instants plus tard s'est produite une petite secousse. La voix du guide s'est élevée. En ouvrant les yeux, j'ai vu que nous venions d'atteindre la rive. Vivants. Maman et ma nourrice semblaient soulagées. Nous avons observé en silence la descente des suivants. Mon père a été le dernier. Nos guides, là-haut, qui semblaient aussi minuscules que des fourmis, nous ont adressé un signe de la main, puis se sont éclipsés.

Ensuite, nous avons marché durant une heure ou deux en longeant le fleuve, nous éloignant des rapides. Nous percevions leur lointain écho dans notre dos. Nous avons fini par atteindre une petite crique, au milieu de laquelle se trouvaient trois pirogues. Elles étaient élancées, avec un fond plat. Les passeurs les ont tirées sur le sable jusqu'au bord du fleuve. Nous avons été répartis dans chacune d'elles, puis nous avons entamé notre traversée.

Nous étions sur une portion du fleuve plus calme, mais j'étais toujours inquiet. Mes doigts, cramponnés au rebord de la pirogue, étaient léchés par les eaux. Des remous se formaient autour de nos embarcations. Armés de leur pagaie, les passeurs luttaient contre le courant du fleuve, qui, de temps à autre, nous déportait violemment. Ils évitaient avec une agilité déroutante les imposantes canines sombres qui émergeaient à sa surface.

En reprenant mes esprits, j'ai commencé à entendre des incantations. Les piroguiers communiquaient avec le fleuve et ses esprits dans une langue que je ne connaissais pas. Des bribes de phrases, des interjections, tantôt ascendantes, tantôt descendantes. Un semblant de dialogue incohérent qui, dans un tout autre contexte m'aurait sans doute amusé, mais qui ici, vulnérable et à la merci du fleuve, m'épouvantait. Ils semblaient adresser au Congo des prières pour implorer sa miséricorde aux pauvres sinistrés que nous étions.

Notre piroguier était un homme très svelte, mais aux muscles ciselés. Il se tenait debout, au bout de l'embarcation, résistant aux assauts du courant. Le contenu de mon estomac remontait dans mon œsophage. J'ai jeté un coup d'œil derrière moi, et j'ai vu la côte, lointaine, avec sa bande de terre blonde.

Les passeurs étaient comme en transe. La conversation mystique du trio se poursuivait. Leurs invocations ont semblé agir puisque le courant s'est apaisé. Nos embarcations froissaient délicatement la surface du fleuve. Je me suis retourné vers Omar. Il souriait, rassuré.

Les pirogues voisines progressaient à quelques mètres de nous. À l'horizon, le soleil entamait son ascension dans un ciel azur. Une belle journée se profilait. Notre périple touchait à sa fin ; le Zaïre voisin s'offrait à nous. Au bout d'une heure de navigation, la pirogue s'est enfoncée mollement dans le sable. Un profond sentiment de soulagement s'est emparé de moi. Nous venions de fouler notre terre promise.

Naïf, je m'imaginais que nous allions enfin connaître le répit, que le plus dur était désormais derrière nous. Mais je me trompais du tout au tout.

14

Mon premier véritable contact avec le Zaïre a été une lutte. Une lutte éreintante, impitoyable, dans la chaleur étouffante d'une fin de matinée. Une lutte pour gravir la pente raide d'une colline à la végétation dense. La canopée étouffait l'éclat du soleil, de rares mosaïques de lumière s'imprimaient au sol. Dans mon éprouvante ascension, je m'accrochais à tout ce qui était à portée de main. Branches, racines, pierres... Mes doigts écorchés s'enfonçaient dans la terre humide.

Une demi-heure plus tôt, les piroguiers avaient accosté sur une rive inhospitalière, à l'abri des gardes-frontières qui auraient pu nous appréhender. Nous nous étions désaltérés avant d'entamer la pénible ascension. Elle m'a rappelé combien j'étais faible et insignifiant. J'ai compris que le Zaïre ne s'offrait à personne. Qu'il se méritait au prix du sang et des larmes.

Je sentais des sanglots monter en moi, des sanglots de tristesse, de désespoir, de frustration. La terre humide se dérobait entre mes doigts, l'odeur des feuilles pourries et du bois mort s'infiltrait dans mes poumons, se déposait sur ma langue. Mes forces m'abandonnaient, mes membres s'ankylosaient. Ma tête lourde s'échouait sur un lit mousseux, mes yeux se refermaient lentement. Je voulais m'endormir, m'accorder une courte sieste le temps de reprendre des forces.

— Courage Hassan, nous y sommes presque ! me lançait Prisca, haletante, le cou brillant.

Félicité et elle étaient en contrebas, reliés par une corde à Pépé Malonga, qui était déjà à bout de forces. J'ai levé les yeux et j'ai vu Gloire, la tête reposant sur sa main repliée. L'humidité et la sueur collaient son t-shirt à son torse, soulignant ses vertèbres proéminentes. Nous nous encouragions les uns les autres, nous touchions à notre but.

En atteignant le sommet de la colline, je me suis, comme tous les autres, écroulé. J'étais à bout de forces, je cherchais mon souffle. J'avais la poitrine en feu. Ma nuit courte, l'angoisse qui m'avait habité tout au long de la traversée, la joie que j'éprouvais après avoir réalisé cet effort surhumain, ces sentiments intenses et contraires m'avaient entièrement consumé. En dix années d'existence, je n'avais jamais vécu une journée aussi intense émotionnellement, j'avais envie de pleurer, de hurler de rage et de joie.

Vidé de toute mon énergie, je me suis assoupi durant quelques minutes. Lorsque je suis revenu à moi, certains compagnons de route étaient toujours allongés sur l'herbe, d'autres étaient assis, silencieux. Les hommes du groupe discutaient à mi-voix de la suite du périple. Un autre réfugié congolais s'était joint à eux pour partager quelques informations. Il était question d'aller à Kinshasa, où des parents éloignés des Samba habitaient.

Soulagés, nous avons consommé les restes de manioc bouilli et de poisson fumé. Un semblant de légèreté régnait à présent. La peur qui nous habitait depuis l'aube s'était dissipée. Mais nous étions trop exténués pour laisser exploser notre joie. Le Zaïre dont nous rêvions tant, nous l'avions atteint, tous sains et saufs. Nous avions survécu à la famine, la maladie et l'épuisement. Le fait de n'avoir perdu aucun membre de notre groupe relevait presque du miracle.

Mêlés à d'autres compatriotes réfugiés, nous avons marché toute la journée jusqu'au village le plus proche, point de transit pour les camions de marchandises qui gagnaient la capitale, Kinshasa. Le jour tirait sa révérence quand nous l'avons atteint.

Le marché grouillait encore d'une énergie et d'une vie qui m'avaient presque déconcerté. La population semblait insouciante. On négociait le prix des aliments sur les étals, les enfants jouaient, de jeunes hommes bavardaient devant la petite échoppe d'un coiffeur en descendant des bouteilles de Ngok. Un pousse-pousseur remontait la rue principale en sifflotant. Les muscles saillants de ses bras s'animaient sous l'effort, tandis qu'il tirait sa charrette remplie de sacs de *makalas*, charbon de bois. Deux petits garçons s'amusaient à gifler les mouches vertes qui voltigeaient au-dessus de l'étal de viande de leur mère.

Les hommes du groupe et Félicité se sont absentés avec pour mission de trouver un camion qui nous transporterait jusqu'à Kinshasa. Nous les attendions en retrait, sur le bord de la route goudronnée, le vent chaud déplaçait à sa surface une fine pellicule de sable blond. Les saveurs des *mikatés* aux bananes et des marmites de *poto-poto* me parvenaient. Je mourrais d'envie de tenir entre mes mains un beignet bien chaud, de le mordre, de sentir l'huile entre mes doigts. Ces visions des vendeuses ambulantes, l'animation du marché, les saveurs qui embaumaient l'atmosphère me ramenaient à Poto-Poto, à la maison de ma grand-mère, Koko. Ces souvenirs doux, empreints d'innocence, me serraient le cœur.

Au bout d'une heure, les hommes du groupe sont revenus, de bonne humeur, en nous apportant un petit sachet de *mikatés*. Nous n'en avons fait qu'une bouchée. Ils nous ont annoncé qu'un camion allait nous transporter jusqu'à Kinshasa. Nous avons coupé par les étals du marché pour gagner le parking, qui était une zone débroussaillée que des pluies diluviennes récentes avaient rendue boueuse. D'imposants camions de marchandises étaient stationnés. On y chargeait et déchargeait des sacs d'aliments, du bétail, de la volaille. Le grondement des véhicules qui manœuvraient était assourdissant.

Papa Samba et les autres n'arrivaient plus à identifier avec quel chauffeur ils avaient négocié. Félicité leur a désigné un monsieur là-bas, avec une tête en forme de mangue. Pépé Malonga a confirmé, et notre groupe s'est dirigé vers un camion en retrait, de marque Renault, à la carrosserie écaillée. Le chauffeur et son assistant en sont descendus pour régler les derniers détails avec les hommes du groupe. L'assistant a fait glisser son pouce sur sa langue avant de commencer à compter les billets que Papa Samba venait de lui remettre, des dollars qu'il avait récemment obtenus en échange de francs C.F.A. L'assistant a acquiescé puis fourré la liasse dans sa poche, en lançant des coups d'œil méfiants autour de lui.

De drôles de cris s'échappaient de la benne du camion, suscitant la curiosité des enfants. Nous nous élevions sur la pointe des pieds pour apercevoir le bétail et la volaille. Nous attendions avec impatience que le chauffeur et son assistant les fassent descendre, car nous pensions que nous allions prendre leur place. Mais nos espoirs ont été réduits à néant quand les deux hommes nous ont autorisés à monter dans la benne en nous demandant de faire attention aux animaux.

— Quoi ? On va voyager au milieu des moutons et des poulets ? s'est offusqué Gloire, le visage fermé. Pas question !

Félicité lui a donné une tape fraternelle dans le dos en ricanant, mais Gloire a repoussé sa main dans un geste d'humeur, obligeant Papa Samba à intervenir. Il a sermonné Gloire un peu à l'écart, et est revenu vers le groupe qui prenait place dans la benne, en lui tenant fermement l'épaule.

En accédant au plateau du camion, Pépé Malonga a adressé un regard mi-confus, mi-amusé aux moutons qui nous dévisageaient en broutant une botte de foin. Prisca, d'habitude si réservée, n'a pas pu s'empêcher de s'esclaffer. Nous avions vécu tant de situations cocasses que celle-ci n'en était qu'une parmi tant d'autres. Chacun de nous a pris place parmi le bétail et les petites cagettes qui contenaient des poules.

La fraîcheur de la nuit et les relents du fleuve ne parvenaient pas à masquer l'odeur d'urine et de fiente. Je couvrais mon nez avec mon t-shirt. Les adultes semblaient s'être résignés, ils s'étaient comme habitués à cette senteur qui nous accompagnait depuis une demi-heure de route. Les bêlements des moutons répondaient aux caquètements aigus des poules. Je les voyais s'échauder dans leurs petites cages, en projetant des plumes autour d'elles.

Nous avons quitté la route asphaltée pour emprunter une piste boueuse parsemée de trous qui malmenaient le camion. Les énormes roues éclaboussaient le fossé herbeux. Un des phares avait rendu l'âme, l'autre éclairait paresseusement la route. De temps à autre, le faisceau lumineux faisait surgir une silhouette inquiétante. Le véhicule faisait un bruit infernal, j'en avais mal à la tête. Coincé entre Maman Samba et ma nourrice, je faisais face à Gloire, qui foudroyait les bêtes du regard. Je devinais des jurons sur ses lèvres qui s'animaient silencieusement.

Le camion a quitté la piste principale pour emprunter une bifurcation. Elle contournait un bois épais ; les silhouettes des arbres se découpaient dans l'obscurité. Au bout de la route, de minuscules lueurs dorées frémissaient dans la nuit, pareilles à des constellations. Peu à peu, elles se sont agrandies, laissant découvrir des lampadaires alimentés par des groupes électrogènes et des lampes-tempête suspendues aux devantures des maisons. Nous venions d'atteindre un petit village que nous étions censés traverser.

Nous avons dépassé trois hommes qui croulaient sous le poids de sacs de marchandises sur le bord de la route. L'un d'eux a laissé tomber le sien et a hélé le chauffeur en agitant les bras. Le chauffeur a ralenti, et le camion a fini par s'immobiliser dans une petite secousse qui a fait couiner les poulets. L'assistant du chauffeur s'est mis à échanger en lingala avec l'homme qui venait d'arriver à sa hauteur. Nous les écoutions sans dire un mot. Ils négociaient le tarif d'un trajet jusqu'à Kinshasa. Ses deux compagnons se sont avancés en traînant leurs sacs, qui s'avéraient contenir du *makala*. Celui qui parlementait avec l'assistant du chauffeur était un homme long au visage oisif. Il plissait les yeux en sondant la benne du camion. Il a fini par nous apercevoir.

— Qu'est-ce que tu transportes à l'arrière ? a-t-il demandé, en reniflant.

— Des poulets et du bétail, a rétorqué d'un ton évasif l'assistant du chauffeur.

— Menteur ! Il y a autre chose que des bêtes. Qui sont-ils ?

L'attention de ses deux compagnons s'est alors portée sur nous. Nous devinions leurs yeux écarquillés dans la nuit.

— Ils veulent aller à Kin.

— Patron, on ne t'a pas demandé où ils allaient. On te demande qui ils sont, c'est tout. Réponds ! a insisté l'homme dégingandé.

L'assistant a rétorqué qu'il n'avait de compte à rendre à personne et qu'ils n'avaient qu'à marcher jusqu'à Kin avec leurs sacs de *makalas* sur le dos s'ils n'étaient pas contents.

Quant à nous, à l'arrière, l'insouciance qui nous habitait il y a peu a commencé à laisser place à l'inquiétude. Nous nous doutions que la réticence du chauffeur à en dire plus sur nous n'était pas de bon augure. Muets comme des carpes, nous suivions attentivement l'échange tendu.

— Ce sont des réfugiés, a fini par lâcher le chauffeur excédé.

Son assistant a secoué la tête, mécontent.

— Des réfugiés ? De quel pays ?

— Brazza.

À cet instant, un des hommes s'est étranglé : « Quoi ! Brazza ! » Nous l'avons alors entendu donner l'alerte. Il criait à l'attention des autres habitants du village. Des Brazzavillois, peuple rival, oppresseurs de leurs frères domestiques de l'autre côté du fleuve, tentaient de traverser incognito le village !

Le chauffeur a fait vrombir le moteur, prêt à reprendre la route. Nous apercevions son visage crispé à travers le rétroviseur central. Un des trois hommes s'est campé au milieu de la route, et très vite un attroupement s'est formé autour du véhicule. La foule hostile grossissait à vue d'œil. Les villageois faisaient pleuvoir sur nous un torrent d'insultes. Nous récoltions les fruits d'années de mépris et de la xénophobie que nos compatriotes exprimaient ouvertement envers les Zaïrois. Nos voisins traversaient le fleuve, venaient effectuer les tâches ingrates chez nous, et nous n'avions jamais eu de cesse de les affubler des pires étiquettes. Voleurs, paresseux, fourbes, débauchés... En l'espace de quelques mois les situations s'étaient inversées, les bourreaux étaient devenus victimes. Nous étions à leur merci.

Si les femmes, enfants et vieillards rivalisaient d'imagination pour nous injurier dans le plus littéraire lingala, les hommes en revanche semblaient bien déterminés à en découdre. Ils nous maudissaient, nous invectivaient, nous sommaient de descendre. Soudain, les mots ont laissé place aux projectiles. Une pierre a sifflé dans la nuit et a heurté la carrosserie dans un bruit sec. Maman Samba, paniquée, a fouillé dans son sac pour en extirper la grande bâche. Les adultes, voûtés pour éviter la pluie de cailloux qui fusaient au-dessus de nos têtes, l'ont aidée à la déplier avant de nous en recouvrir. Les moutons poussaient des cris suraigus, les poules caquetaient de panique.

— Brazzavillois ! Fils de chiens, descendez un peu si vous êtes des hommes ! a aboyé un homme armé d'un gourdin qu'il frappait contre le camion.

— Descendez, con de vos mères !

Maman Samba s'est mise à sangloter. Ses pleurs et sa peur se sont propagés parmi les enfants. Nous pensions que nous allions être massacrés là, au milieu de nulle part, sur cette terre promise dont nous avions tant rêvé.

Les menaces ont fini par se concentrer sur le chauffeur et son assistant. On leur reprochait de pactiser avec l'éternel rival brazzavillois, d'avoir la mémoire courte. Le ton montait, les insultes et les menaces fusaient. L'assistant a fini par descendre en faisant claquer la portière. Il a eu un échange houleux avec l'homme long et fin. Ils ont commencé à s'empoigner, à traiter leur mère de tous les noms d'oiseaux. Le chauffeur a passé la tête par la fenêtre et s'est mis à hurler :

— Vous voulez tuer des parents et leurs pauvres enfants ? Vous voulez devenir des tueurs d'enfants, c'est ça ?

— *Lokuta* ! Menteur ! Il n'y a pas d'enfants ! a répliqué un jeune homme à la mâchoire carrée.

Au milieu de la cohue, le chauffeur a extrait de sa boîte à gants une lampe-torche. Il est descendu à son tour du camion, en faisant claquer frénétiquement l'interrupteur de son appareil, qui ne s'allumait toujours pas. Il a fini par le taper contre la paume de sa main ; soudain une vive lueur a jailli dans la nuit, éblouissant des villageois autour de lui.

D'un geste ferme, il a rivé la lampe vers le plateau sur lequel nous étions entassés. À côté de moi, Maman Samba était terrorisée, elle serrait de toutes ses forces Béni contre elle. Des larmes abondantes ruisselaient sur ses joues. Les mots s'entrechoquaient sur ses lèvres, les prières qu'elle récitait se transformant en un charabia entrecoupé de sanglots.

Nous avons entendu la voix du chauffeur émerger de la cohue, quand il a hurlé : « *Bo bima* ! Sortez ! Sortez de votre cachette ! » Nous avons tous échangé un regard. Mon cœur martelait ma poitrine, je n'arrivais plus à contrôler les tremblements de mes doigts. Le chauffeur a réitéré son ordre. Papa Samba a enlacé son épouse, puis donné un baiser furtif sur la tête de Béni, qui hurlait à présent. Papa Samba a ensuite agrippé la bâche et l'a tirée vers lui, de ses mains secouées de spasmes, en formant une boule contre son ventre. Au fur et à mesure que nous étions dévoilés à l'attroupement hostile, le tintamarre diminuait.

La torche nous a survolés d'un bout à l'autre du plateau. Félicité avait la main en visière. Nous entendions le chauffeur murmurer « Hum ? *Bo moni* ? Vous avez vu ? ».

Aveuglés comme des taupes traquées qui émergeaient de leur cachette en plein jour, nous étions tous là, debout, serrés les uns contre les autres, tremblotants. Certains pleuraient en silence, seuls les hurlements de Béni et les cris des bêtes montaient dans la nuit.

J'ai cligné frénétiquement des yeux pour retrouver ma vue. Je m'attendais à apercevoir une foule enragée devant moi. À ma grande surprise, ils nous dévisageaient avec stupeur. Une stupeur qui trahissait leur honte. Comme si à l'instant où ils avaient découvert les misérables que nous étions, amaigris et usés par ces longues semaines de privation, ils avaient pris conscience de la folie passagère qui s'était emparée d'eux.

Le jeune homme à la mâchoire carrée s'est mis à rassurer Béni en lui lançant « *Koléla te petit, e sili !* ». Réalisant que Béni fixait avec épouvante le bâton qu'il agitait au bout de ses doigts, il a fini par le jeter au sol. Les autres l'ont imité, lâchant successivement leurs projectiles. L'homme au gourdin l'a abaissé pour s'appuyer dessus, comme s'il s'agissait d'une canne.

Nous avons vu le chauffeur parlementer à voix basse avec le meneur de la foule. Très calme, il accueillait les réflexions du chauffeur en acquiesçant, en essayant de justifier maladroitement les raisons de leur colère.

— On ne savait pas qu'il y avait des enfants, si je mens Dieu me punit. Il y a eu un malentendu.

L'assistant du chauffeur a accueilli ses excuses avec un geste d'humeur, son collègue l'a poussé vers la portière, de crainte que l'agitation reprenne. La foule s'est écartée du camion pendant que le chauffeur regagnait sa cabine, en nous lançant un regard noir.

Il a fait vrombir le moteur, et il a démarré. Nous regardions, silencieux, le village et sa constellation de lueurs rapetisser. Plus que soulagés, nous étions choqués. Choqués d'avoir échappé à la folie des hommes. Choqués d'être passés tout près d'un lynchage.

*

Nous avons roulé durant une dizaine de kilomètres. Une fois que nous avons atteint un petit village du nom de Madinga, le chauffeur a purement et simplement décidé de nous abandonner.

— On s'arrête là ! Vous nous avez créé trop d'histoires, on ne vous transportera pas plus loin. Descendez. *Bo longwa* ! Foutez le camp !

Il a ordonné à son assistant de nous rembourser au prorata de la distance que nous avions parcourue. Il a sorti la liasse de billets de sa poche, a léché son pouce et s'est mis à compter les billets. Il en a déduit une partie qu'il a remise à Papa Samba. Il est remonté dans sa cabine, a claqué la portière et le chauffeur a redémarré. Et nous sommes restés là, au milieu du village, désemparés, à regarder les phares arrière rouges se diluer dans les ténèbres.

À notre grand soulagement, la vindicte populaire à laquelle nous avions été confrontés quelques heures plus tôt n'était qu'un acte isolé. Le chef du village de Madinga et son frère, un homme d'affaires qui avait fait fortune dans la capitale, avaient mis à notre disposition une maison inoccupée. Comme de l'autre côté du fleuve, les habitants nous approvisionnaient en aliments. Des fruits, du poisson, du *chikwangue*... Pour la première fois, nous avons goûté au bonheur perdu d'avaler deux repas dans la journée. J'ai profité de cette étape pour noircir mon journal, en y relatant les derniers événements rocambolesques de notre périple.

Nous avons passé quelques jours dans ce village avant de reprendre la route, en direction de la grande ville de Mbanza-Ngungu, dans la province du Bas-Congo. Il s'agissait d'une étape obligatoire pour les déplacés. Les autorités zaïroises y avaient établi un camp de réfugiés.

Le jour de notre départ, les villageois ont mis à notre disposition des véhicules et des vélos pour le trajet. Les enfants, Pépé et Mémé Malonga et les mamans ont été répartis dans les deux pick-up, tandis que les autres membres du groupe ont enfourché les vélos. Nous avons roulé tout l'après-midi, parcourant les routes humides qui s'entortillaient autour des collines verdoyantes de la province. Une légère brume flottait à la surface des marais que nous longions, chargée de l'agréable parfum de l'herbe humide. Au moment où le ciel se parait de nuances roses et orangées, nous avons enfin atteint Mbanza-Ngungu.

Nous sommes allés nous enregistrer auprès des services de l'immigration du camp de réfugiés. Les militaires nous accueillaient avec bienveillance. Nous avons passé une heure dans une salle d'attente bondée, dans laquelle régnait une chaleur étouffante. Une fois l'enregistrement terminé, nous avons été assignés à un grand baraquement, où nous devions passer la nuit.

Après un petit repas, Maman m'a autorisé à aller me dégourdir les jambes à condition de ne pas trop m'éloigner. En franchissant le seuil de la porte, j'ai pris une grande bouffée d'air frais. La nuit était déjà tombée, des groupes de sinistrés faisaient la queue devant les cuisines du camp, où on procédait à une distribution alimentaire. Ils agitaient au bout de leurs doigts des tickets de rationnement. D'autres s'empressaient de regagner leur baraquement, tenant entre leurs mains un petit bol fumant.

Je me suis enfoncé dans le camp animé du brouhaha des groupes électrogènes et des pleurs des bébés. Les lampadaires imprimaient au sol d'épais dômes lumineux que des papillons de nuit et des moucherons se disputaient. Je flânais, laissant mes yeux se perdre à l'horizon. On distinguait les formes voluptueuses des collines à la surface desquelles scintillaient de minuscules éclats lumineux. Je me sentais soulagé mais triste. De la République démocratique du Congo, je m'attendais à autre chose que ce centre où nous étions entassés, et qui me ramenait à ma condition nouvelle de réfugié. Je commençais à regretter mon pays.

— Hassan. Hassan, c'est toi ?

Je me suis retourné lentement. Mes yeux ont sondé la pénombre, et j'ai fini par distinguer ce visage familier qui me fixait. Mon cœur n'a fait qu'un bon.

— Ketia !

Je n'en revenais pas. Ketia, ma camarade de classe ! Un sourire timide s'est épanoui sur ses lèvres. La guerre l'avait changée. Elle avait beaucoup maigri, elle nageait dans sa salopette en jean. Son visage était empreint de tristesse. Elle était devenue une tout autre personne, dont les yeux avaient perdu leur éclat de vie. Elle semblait fuir mon regard, comme si elle regrettait de m'avoir interpellé.

Nous avons déambulé côte à côte dans le camp. Nos rares échanges étaient suivis de longs silences ; nous étions là sans être là, perdus dans nos pensées, et honteux. Honteux car nous venions tous les deux de bonnes familles, et la vie nous avait réduit en l'espace de quelques mois à l'état de sinistrés tributaires de la générosité des villageois et des autorités pour dormir sous un toit ou avaler un repas. Je lui ai demandé si elle avait des nouvelles de nos autres camarades de classe. Son visage s'est assombri et elle a hoché la tête.

Son attention a fini par se porter sur le beau stylo Bic que je maniais entre mes doigts. Elle m'a demandé, un peu amusée, si je continuais à étudier. J'ai fini par lui avouer que je tenais un journal dans lequel je consignais mes journées depuis le début de la guerre, et que je rêvais de le faire publier un jour. À ma grande surprise, elle ne s'est pas moquée de moi. Elle s'est contentée d'acquiescer tristement.

J'ai entendu ma nourrice m'appeler au loin et j'ai dit au revoir à Ketia. Au moment où je m'éloignais, elle m'a hélé. Elle a sorti d'une petite besace en toile un petit cahier qu'elle m'a tendu. Il était neuf malgré ses coins cornés. Elle m'a dit qu'elle n'en avait pas besoin. Je l'ai remerciée et nous nous sommes séparés. C'est la dernière fois que je l'ai vue.

En revenant sur mes pas, j'ai examiné le cahier que Ketia m'avait offert et qui symbolisait la fin d'une ère. Sur la couverture, était inscrit *République démocratique du Congo*, le nouveau nom du Zaïre. Le pays avait été fraîchement rebaptisé depuis la prise de pouvoir d'un certain Laurent-Désiré Kabila, qui avait chassé l'inamovible Mobutu Sese-Seko. Sur la couverture du cahier, il y avait aussi le nouveau drapeau, bleu ciel avec six petites étoiles dorées sur la gauche, et une septième, plus imposante, au milieu. Au dos du cahier, le nouvel hymne national était inscrit :

Debout congolais,
Unis par le sort,
Unis dans l'effort pour l'indépendance.
Dressons nos fronts, longtemps courbés
Et, pour de bon, prenons le plus bel élan, dans la paix.

*

Nous sommes restés à Kinshasa durant deux mois. Les Samba, qui y avaient des attaches familiales, avaient réussi à obtenir pour tout notre groupe une petite maison dans la capitale. Nous avions partagé le peu que nous avions au premier jour de la guerre, il était naturel pour eux de rester soudés jusqu'à notre retour au Congo.

C'était un petit trois-pièces dont on semblait avoir tout juste achevé la construction, et qui sentait encore le ciment frais. Le toit était recouvert de tôle ondulée toute neuve, les murs étaient nus, mais les arêtes des pièces étaient grignotées par des touffes d'herbe.

Maman Samba nous avait fait défricher la parcelle le jour de notre arrivée, au prétexte que des serpents pouvaient se dissimuler dans la végétation. Gloire maugréait dans sa barbe, il affirmait qu'il préférait être mordu par un serpent plutôt que de vivre comme un pouilleux dans un pays qui n'était pas le sien.

L'accueil qui nous a été réservé à Kinshasa était plus tiède qu'au village. La pitié que nous inspirions n'était qu'éphémère, laissant rapidement place à une forme d'indifférence.

Les parents, encore marqués par notre première soirée mouvementée en République démocratique du Congo, nous déconseillaient de nous épancher sur notre histoire. Nous devions taire nos origines, au risque de nous attirer des ennuis, et privilégier le lingala dans les lieux publics. Mais notre lingala brazzavillois, beaucoup moins chantant que celui des Kinois, nous trahissait, si bien que la nouvelle de notre présence avait rapidement fait le tour du quartier.

Nous nous ennuyions fermement dans cette petite parcelle. Gloire fulminait à longueur de journée et tournait en rond comme un lion en cage. Ses querelles étaient fréquentes avec son aîné, Félicité ; un jour ils ont failli en venir aux mains.

Mémé Malonga a fini par plaider notre cause auprès de nos parents afin qu'ils nous accordent le droit d'aller faire le marché tous les matins.

— Ils ont besoin de se dégourdir les jambes et de changer d'air.

— Les laisser sillonner les rues du quartier tout seuls ? s'était écriée Maman Samba. Dans ce pays où on vole les enfants pour les revendre comme de vulgaires sachets d'arachides ?

— Vous n'aurez qu'à faire un tour au marché pour nous retrouver, a lâché Gloire, un sourire malicieux aux lèvres.

À partir de ce jour, nous sommes allés au marché quotidiennement. Les mamans insistaient pour qu'on négocie le prix de chaque aliment. Dans un souci d'établir des relations cordiales avec les adolescents du voisinage que nous croisions, Félicité les saluait chaleureusement. Ils ne lui répondaient pas la plupart du temps. Une ou deux fois, nous avons été pistés par un petit groupe d'enfants de la rue qui nous gratifiaient de toutes sortes d'insultes : « *Sinistrés !* », « *Sans terre !* », « *Brazzavillois, con de vos mères, retournez chez vous !* » Ils prétendaient que nous étions en repérage à Kinshasa pour kidnapper des enfants et les revendre au marché noir à Brazzaville.

Gloire rongeait son frein, il se retenait de leur courir après. Ses yeux lançaient des éclairs. Quant à moi, je gardais le silence. En prenant conscience que les moqueries de nos voisins me laissaient indifférent, j'ai compris que la guerre et les épreuves que nous avions traversées commençaient peut-être à me changer. Je n'avais plus le cœur à me battre.

Je me sentais tout petit à Kinshasa. Cette ville tentaculaire m'intimidait. En nous rapprochant du fleuve, nous pouvions apercevoir Brazzaville, sa jumelle éprouvée par la guerre. Par temps clair, nous pouvions même compter le nombre de vitres manquantes sur la tour Nabemba, unique gratte-ciel de notre pays.

Kinshasa et Brazzaville étaient, disait-on, les capitales les plus proches du monde, ce qui rendait notre exil si particulier. Nos deux villes, denses et animées, se ressemblaient à bien des égards. Le défilé quotidien des femmes sanglées dans leurs pagnes bigarrés, les conversations de rue passionnées, les radios qui diffusaient les derniers morceaux de *Ndombolo* à la mode, la saveur des brochettes épicées qui se répandait dans l'air... Nous avions l'étrange impression d'être à la maison sans pour autant être chez nous.

Ce court exil nous a permis de retrouver certains plaisirs simples de la vie, que nous avions presque oubliés. Savourer une petite portion de lait le matin, mordre dans un pain savoureux et bien chaud, avaler deux repas dans la journée... Nous nous étions liés d'amitié avec les neveux et nièces des Samba, qui venaient régulièrement nous rendre visite, et qui ne manquaient jamais de se délecter de nos récits de guerre.

La République démocratique du Congo, sa chaleur, son énergie et son insouciance ne parvenaient cependant pas à combler ce vide qui m'habitait. Je comptais les jours avant notre retour.

*

Lorsque la situation s'est stabilisée à Brazzaville, nous avons fini par rentrer, comme des milliers d'autres déplacés. La famille Samba partirait deux semaines après nous. Quant aux Malonga, ils étaient en contact avec l'ambassade de France de la République démocratique du Congo, et attendaient les instructions des autorités françaises avant de regagner Brazzaville et d'être évacués vers la France.

Nos compagnons de route nous ont escortés jusqu'au port. Regroupés sur l'embarcadère, ils agitaient la main tandis que nous nous éloignions. Maman Samba, émue, écrasait une larme. Félicité nous adressait un « au revoir » en bégayant, quant à Gloire, il affichait comme à son habitude une mine renfrognée.

Nous avons embarqué à bord d'un ferry qui devait dater du temps de la colonisation. Nous étions entassés sur le pont. Il n'y avait que des Brazzavillois qui regagnaient leur pays. Sur les visages, je lisais des sentiments mitigés, de l'amertume, une joie contenue, beaucoup d'appréhension. Nous étions tous des miséreux qui avions tout perdu à cause de la guerre. Malgré notre séjour de plusieurs semaines en République démocratique du Congo, nous portions encore sur nos visages et nos corps les stigmates des épreuves que nous avions traversées durant ces mois de marche, de famine et de maladies. Certains n'avaient que la peau sur les os.

Nous n'étions plus les fiers Brazzavillois qui accueillaient autrefois leurs voisins de l'autre rive. Nous étions des morts-vivants, qu'un séjour au purgatoire n'était pas parvenu à ramener totalement à la vie. Nous regagnions notre paradis devenu enfer.

15

Une fois à quai, ma nourrice est allée retrouver les siens. Elle nous a embrassés, Omar, Samir et moi, et nous a promis de revenir nous voir bientôt. Maman lui a glissé un billet dans la main, elle a trotté en direction d'un bus à l'arrêt qui desservait son quartier, et nous avons sauté dans un taxi en direction de la maison de grand-mère à Poto-Poto, où nous étions censés nous établir.

Je n'avais pas revu la maison de ma grand-mère depuis une poignée de mois, mais elle ne ressemblait déjà plus à celle de mes souvenirs. Sa façade était criblée d'impacts de balles, un obus avait éventré une partie du toit, laissant un affreux cratère. Des douilles jonchaient le sol, l'odeur du bois calciné s'accrochait aux murs. Savoir que Koko s'était envolée pour Dakar avant ces événements me mettait un peu de baume au cœur.

Des voisins, qui n'avaient jamais quitté la concession malgré la guerre, sont restés interdits en nous découvrant, comme s'ils voyaient-là des revenants. Nous apprendrions plus tard que beaucoup nous pensaient morts. On nous avait pleurés et on avait même commencé à faire notre deuil. Les habitants de la concession ont levé les mains au ciel et nous ont pris dans leurs bras en sanglotant. Ils devaient leur vie à la vaillante Kitemona, qui avait défendu la parcelle pendant les affrontements. Elle était tombée les armes à la main.

Nous avons partagé un repas le soir même. Mais tout semblait différent. Il régnait une atmosphère froide, triste, amère. Je commençais à appréhender nos retrouvailles avec notre maison de Bacongo.

*

Aujourd'hui nous sommes retournés à la maison. Ou plutôt ce qu'il en reste. Tout au long du trajet, je trépignais à l'idée de la retrouver, malgré un mauvais pressentiment. Nous roulions sur une de ces nombreuses pistes poussiéreuses qui sillonnent Bacongo, vidé de ses habitants. J'observais en silence les rares passants qui s'aventuraient avec appréhension dans le quartier, comme s'ils redoutaient de voir resurgir des miliciens armés.

Un spectacle désolant nous accueillait: des maisons aux fenêtres, portes et portails grands ouverts, qui laissaient voir des pièces sens dessus dessous. Une poule *kingo-zéro* au cou nu a surgi d'une venelle, précédée d'un chapelet de poussins. Elle a suivi notre taxi du regard avant de traverser la rue au trot.

Mon pouls s'est affolé lorsque nous sommes arrivés devant la maison. J'ai été pris par l'envie soudaine de ne pas descendre, de laisser mon père et mon frère s'y aventurer. Je craignais de troubler le souvenir intact de ce cocon chaleureux qui sommeillait en moi.

J'ai tout de suite su que quelque chose n'allait pas en découvrant le portail béant qui dévoilait tout ce qui jonchait le sol, les documents répandus dans le jardin, empêtrés dans la boue séchée après les multiples intempéries. La vision de notre bougainvillier que j'affectionnais tant m'a apaisé. Il avait proliféré durant l'enfer de la guerre et enjambé le mur pour s'écrouler côté rue, croulant sous le poids de ses bractées violettes aux fleurs blondes qui semblaient me regarder avec étonnement.

Mon père est descendu du taxi, nous l'avons imité. Dans la cour, la végétation sauvage et indisciplinée avait profité de notre absence pour coloniser et engloutir le parterre de fleurs. À travers les hautes herbes on voyait des objets au sol, abandonnés à la va-vite par les pillards. Des pagnes *super wax*, un sac à main de Maman à la sangle arrachée, des flacons de parfum, deux porte-documents de mon père, un coffret à bijoux en velours vidé.

Mon père avançait en scrutant nerveusement le sol. Nous avons gagné la terrasse. Ce qui m'a tout de suite frappé, c'étaient les fenêtres grandes ouvertes et l'état du salon. On aurait cru qu'une tornade était passée par là. Sur le tapis étaient disséminés des débris, des documents, des bibelots, des vêtements... Sur le plateau de la table basse en verre, il y avait des traces de chaussures. Sur un mur du salon, l'impact d'un objet qui y avait été projeté, imprimant sur la peinture blanche une marque jaunâtre. Au pied de cet impact, j'ai aperçu un de nos grands vases en morceaux et des fleurs séchées. Les tiroirs avaient tous été arrachés, leur contenu projeté à travers la pièce. Mon père enjambait les objets au sol en hochant la tête avec un profond dépit. Le grand sapin de Noël était échoué au sol, soulagé de ses décorations et des nombreux cadeaux qui provenaient de France. Il avait été traîné au milieu du salon. L'idée qu'un pillard ait finalement renoncé à ce butin encombrant m'a fait sourire.

En m'engageant dans le couloir, j'ai aperçu un margouillat bleu, qui rampait sur le mur en secouant sa tête écarlate. Il a rebroussé chemin et s'est éclipsé à l'angle. Dans notre chambre, la plupart de nos affaires avaient été dérobées. La porte du placard se balançait doucement en grinçant, entraînant dans son mouvement un des voilages blancs qui était accroché à une écharde.

Je n'ai pas voulu m'y attarder. Je suis sorti dans le jardin pour jeter un coup d'œil à la cabane à outils, animé par le mince espoir d'y trouver mes cobayes. Je suis passé devant le papayer dégingandé, au pied duquel pourrissaient ses fruits. Dans la cabane, une grande toile d'araignée s'étendait de part et d'autre du mur. L'araignée s'est précipitée sur un moucheron qui venait de s'y agglutiner, effrayé par ma présence. Je l'ai observée tisser frénétiquement sur lui une camisole gluante.

Il n'y avait rien, plus aucune trace de mes cobayes. Avaient-ils été dévorés par un prédateur ? Avaient-ils rempli le ventre d'un soldat ou d'un milicien ? S'étaient-ils enfuis ? Je voulais m'en remettre à cette dernière hypothèse. Je suis ressorti dans le jardin. Mes yeux se sont portés sur mon frère, qui suivait mon père comme son ombre dans son inspection des différentes pièces.

Seul dans ce jardin inhospitalier, je pouvais encore entendre les échos lointains de notre vie passée. Nos effusions de joie lorsque Maman rentrait du travail, le son de la télé qui s'échappait du salon, le générique du « Club Dorothée », les remarques philosophiques de Ngouba. Le caquètement des poules que je pourchassais, ma nourrice qui m'interpellait depuis la cuisine et qui menaçait de rapporter mes méfaits aux parents. Kimunu, Safi et Marc qui m'appelaient le matin pour faire le chemin de l'école ensemble. En revenant à moi, j'ai compris que c'en était fini. Ma vie avait de nouveau volé en éclats. Cette maison n'était déjà plus la mienne. J'ignorais ce qu'il était advenu de mes camarades de classe, de mon école, du personnel de maison... Malgré la présence de mon père et d'Omar je me suis senti terriblement seul.

J'ai franchi le portail, perdu dans mes pensées. C'est alors que j'ai aperçu un groupe d'enfants au bout de la rue, armés de houes. Ils avançaient, agités et bruyants. Un des garçons s'est arrêté et m'a regardé pendant un court instant. Il a agité sa houe au-dessus de sa tête et est venu à ma rencontre d'un pas décidé.

Au fur et à mesure qu'il approchait, un frémissement me parcourait. Je croyais qu'il s'agissait de Kimunu. J'ai senti mon estomac se contracter quand j'ai réalisé que ce n'était personne d'autre que Petit Makaya, avec qui je m'étais battu quelques semaines avant la guerre.

— Ho ! Hassan ! a-t-il lancé avec enthousiasme en me donnant une bonne poignée de main. Tu es vivant !

J'ai haussé les épaules. Il sentait fort la transpiration, ses vêtements étaient maculés de terre. Il semblait réellement content de me revoir. Il m'a révélé qu'il n'avait pas quitté Bacongo pendant la guerre.

— Comment se porte ta grand-mère ?

— Elle est morte.

Sa réponse, très naturelle et dépourvue de toute émotion, m'a dissuadé de lui poser davantage de questions.

Ses camarades, qui semblaient être des enfants de la rue, étaient en plein débat. Je ne les écoutais qu'à moitié. L'un d'eux a fini par m'interpeller. Il portait une espèce de bonnet rouge un peu trop grand pour lui, qui me rappelait vaguement quelqu'un.

Mon père m'a appelé à travers la fenêtre du salon, en me demandant si tout allait bien. J'ai répondu par l'affirmative. Le groupe d'enfants l'a salué poliment en baissant la tête.

En regardant encore le garçon au bonnet rouge, je me suis souvenu. C'était le bonnet de Ya Joël, quand il avait donné son spectacle à la kermesse de l'école. Je le revoyais, avec sa tête de chien battu pendant sa prestation.

— Comment il va, Ya Joël ? ai-je demandé.

— Ils l'ont tué ! a répondu un gamin.

Il a continué en me racontant qu'aux premières heures du conflit, Ya Joël, déguisé en père Noël, apportait un peu de joie dans les parcelles en distribuant aux plus démunis des *chikwangues*. À côté de son cadavre, ils avaient retrouvé sa besace à manioc vide.

Cette guerre avait annihilé, l'espace de quelques mois, l'humanité qui subsistait chez quelques-uns. Elle nous avait réduits à l'état d'animal. Certains, comme Gloire ou moi, en étaient arrivés à se nourrir de feuilles de manguiers les jours de grande famine. D'autres, comme les bourreaux de Ya Joël, avaient tué leur semblable pour quelques *chikwangues*.

J'ai voulu changer de sujet. J'ai demandé à Petit Makaya ce qu'ils cultivaient avec leurs houes pleines de terre. Il m'a répondu qu'ils enterraient les morts du quartier.

À partir de là, j'ai préféré me taire. Je posais des questions d'enfants, ils me donnaient des réponses d'adultes. Nous avions le même âge, nous vivions dans le même quartier, mais nous n'appartenions résolument plus au même monde.

Un garçon a surgi avec sa houe au bout de la rue en les interpellant. Ils ont fini par courir dans sa direction. Petit Makaya m'a proposé de les suivre. J'ai secoué la tête. Au dernier moment, j'ai voulu l'interpeller et lui demander s'il avait des nouvelles de Kimunu. Redoutant sa réponse, j'ai renoncé.

Une fois de plus, nous étions condamnés à repartir de zéro. Emménager dans une autre maison, recommencer une nouvelle vie. Entamer ce long et pénible travail de deuil de notre vie d'avant, panser les plaies vives du passé. Et au moment où elles commenceraient à guérir, nous allions probablement sombrer dans un nouveau cycle de violence.

Nous avions tout perdu à cause de la guerre. Notre vie, nos biens, notre insouciance. Notre innocence.

*

Aux yeux de mes parents, notre avenir ne s'écrivait plus au Congo. Omar, Samir et moi devions partir, grandir dans un cadre plus stable, plus apaisé, loin de l'atmosphère orageuse de ce pays. Maman, mes frères et moi allions nous établir au Sénégal durant quelques mois, afin de nous ressourcer et de retrouver Koko, notre grand-mère. Puis, Omar et moi partirions pour la France, où nous habiterions chez des proches. Samir, trop jeune, resterait avec ma mère.

Séjourner au Sénégal m'excitait particulièrement. Nous avions des attaches familiales à Dakar, la capitale. Plus jeunes, les sœurs de ma mère avaient fait le choix d'y émigrer, vantant la qualité de vie du pays, sa tranquillité et la cohésion qui régnait entre ses différents peuples. Mes frères et moi ayant baigné dès notre plus jeune âge dans la culture congolaise, la famille maternelle considérait que l'heure était venue de découvrir l'autre pendant de nos origines. Nous ne connaissions que vaguement cette autre culture, à travers des fêtes religieuses et des repas de famille.

En revanche, le départ pour la France était pour moi une grande source d'inquiétude. J'appréciais ce pays, que je considérais comme une contrée lointaine et sympathique, où nous aurions pu passer des vacances en famille. Mais je ne m'étais jamais imaginé devoir y vivre, de surcroît sans mes parents. Je considérais cet exil forcé, dans ce pays lointain, comme un châtiment presque pire que la guerre.

Nous avions passé plusieurs semaines à préparer notre voyage. Nous effectuions régulièrement des allers-retours à l'ambassade du Sénégal, où nous allions vêtus de belles chemises et de pantalons en toile, impeccablement repassés par mon père. Nous devions faire bonne impression.

Quelques jours avant notre départ, nous avons fait la tournée du voisinage et de nos proches pour faire nos adieux. Nous avons sillonné Poto-Poto, ses rues boueuses et ses venelles dans lesquelles nous jouions encore il y a quelques mois, pour aller à leur rencontre. Nous étions accueillis avec des mikatés, de la bouillie, des gratanias. Dans les yeux des enfants de notre âge, je percevais une pointe d'envie, peut-être de jalousie. Le départ pour le Sénégal, puis pour la France était perçu, pour les plus modestes, comme un aller simple vers une vie meilleure dans des pays en paix. Ces enfants me faisaient réaliser combien j'étais chanceux d'avoir cette double culture, qui m'offrait quelque chose qu'ils n'avaient pas : le choix. Le choix de m'envoler vers de nouveaux horizons, d'embrasser mon autre identité, mon autre pays.

*

Le jour de notre départ, ma nourrice, Tantine Gloria, est venue nous dire au revoir. Elle pleurait à chaudes larmes en nous enlaçant mes frères et moi. Elle nous a fait promettre d'être bien sages.

Tout au long du trajet en voiture vers l'aéroport, nous étions tous silencieux. J'observais les rues de Brazzaville qui défilaient sous mes yeux, tentant de les imprimer dans mon esprit afin de les contempler plus tard, au Sénégal puis en France, lorsque le manque se ferait pesant.

Durant l'enregistrement de nos bagages à l'aéroport, j'ai réalisé que j'avais oublié d'emporter mon journal intime. Je me suis senti un peu triste et démuni. Dans la salle d'attente, je regardais mes pieds, intimidé et nerveux. À chaque fois qu'une petite mélodie retentissait et que des passagers étaient invités à embarquer, mon cœur s'emballait. Petit à petit, l'inquiétude m'a envahi. Je prenais conscience que mon existence était sur le point de changer à jamais. Un chapitre de ma vie, celui du Congo, était sur le point de se clore, chose inconcevable quelques mois auparavant. Malgré les tensions, les conflits et les accès de fièvre que subissait régulièrement mon pays, je ne m'étais jamais imaginé vivre ailleurs.

Mes yeux survolaient anxieusement la salle d'attente aux lumières très pâles. Quelques familles attendaient comme nous leur vol, enfoncées dans les sièges étroits aux accoudoirs en quart de cercle.

L'annonce du début de l'embarquement pour notre vol m'a extirpé brutalement de ma torpeur. À travers la baie vitrée, je voyais l'aube se déployer dans le ciel. Mon père nous a accompagnés en nous prodiguant d'ultimes conseils. Arrivés devant le portique, nous lui avons dit au revoir. Tandis que nous remontions la passerelle d'embarquement, je me suis retourné et je l'ai vu nous suivre du regard en remuant la main.

Une petite heure plus tard, notre avion décollait de l'aéroport de Maya-Maya en partance pour le Sénégal. Tandis qu'il s'élevait le ciel, mon regard s'est posé sur les rues rapetissées de Brazzaville, le long desquelles s'égrenaient des chapelets de lumières qui, une à une, tiraient leur révérence.

En réalisant que je quittais à jamais mon Congo, écrin de mes chagrins et de mes petits instants de bonheur, je me suis raccroché aux paroles de notre hymne national qui, à cet instant précis, ne m'avaient jamais paru aussi pertinentes.

La longue nuit s'achevait, le soleil se levait, et le Congo, malgré ses blessures et ses tourments, resplendissait.

J'ai commencé à écrire ce livre en pleine guerre, en décembre 1998. Son format originel était celui d'un journal intime.

Durant les années qui ont suivi, j'ai entretenu une relation complexe avec ce passé, ce qui m'a poussé à l'enfouir aux tréfonds de mon âme. Ce n'est que bien plus tard, après avoir publié *Les Florafées*, des histoires pour la jeunesse poétiques et printanières, que les souvenirs de cette enfance si particulière ont commencé à émerger en moi, posant alors les jalons de ce qui allait être ce roman.

Je tiens à remercier mon éditeur, *Istya & cie*, qui m'a donné l'opportunité de partager mon histoire. Je remercie aussi mon confrère Charles Aubert pour son précieux concours, ainsi que Laurène Gautheyrou et Souleymane Camara.

Je dédie ce livre à ma petite sœur, à ma cousine et à ma grand-mère, Koko.

CET OUVRAGE EST PUBLIÉ PAR ISTYA/SLATKINE & CIE
LE TEXTE EST COMPOSÉ EN CARACTÈRE SLATKINE,
DESSINÉ PAR MATTHIEU CORTAT À LYON
IL A ÉTÉ ACHEVÉ D'IMPRIMER EN FÉVRIER 2025
SUR PAPIER BOUFFANT 80 GRAMMES
ISSU DE LA GESTION DURABLE DES FORÊTS
SUR LES PRESSES DE L'IMPRIMERIE LABALLERY
IMPRIMEUR NUMÉRO 501718
IMPRIMÉ EN FRANCE

IMPRIM'VERT®

DÉPÔT LÉGAL : FÉVRIER 2025